リノキスに教える技は、基本中の基本である。

「まばたきを我慢しなさい。一瞬だから」

体内の「氣」を全身に込め、大きく踏み込み、突き出した拳のままそれをぶつける。

天より射抜く雷のような音が鳴り響く。

拳から発生した突き抜ける衝撃が、小さな湖を走り抜け――二つに割った。

『――大丈夫だって。手加減するから』

浮島でバカンス!!
『──ちょっ！　待った！
ニアが本気で投げるのなし！』
「──と言いつつ
しないパターンですね？
ニアってそういう人ですものね」

「わかりました。
では言葉を選ばずはっきり言います」
迷いを振り切ったリノキスは、まっすぐ私を見詰める。
「あの、お嬢様は……
英霊の方であることを、
もう隠す気は
ないんでしょうか？」

凶乱令嬢ニア・リストン 3

病弱令嬢に転生した
神殺しの武人の華麗なる無双録

南野海風

HJ文庫
1115

口絵・本文イラスト　刀 彼方

Contents

リストン家の庭は、いつ見ても見事だ。

あまり花や植物に興味はないが、時々こうして眺《なが》めるのも悪くない。

二年前に庭師が植えてくれた虎無《こぶ》の花は、見事に咲《さ》いて役目を果たした。あれ以来、毎年季節になると育てているそうだ。

「こうして二人で庭を歩いていると、お嬢様《じょうさま》が車椅子《くるまいす》に乗っていた頃《ころ》を思い出しますね」

老執事ジェイズに荷物を預け、ゆったりと庭を散策していると、リノキスがそんなことを言う。

「そうね」

私が車椅子に乗っていた頃は、天気の良い日は毎日のようにこの庭に出ていたっけ。

リストン邸《てい》から離《はな》れてまだ半年も経《た》っていないはずなのに、懐《なつ》かしさを覚える。もっと言うと遠い昔のことのような気さえする。

それだけ学院の寮生活《りょうせいかつ》が忙《せわ》しなかった、ということだろう。

学院の寮《りょう》に入っても魔法映像《マジックビジョン》のことばかりだった。

リストン家の財政問題もあるし、撮影《さつえい》もあるし、新しい企画《きかく》なんかも考えたりして。

拳《こぶし》一つで解決しない問題に、常に四苦八苦してきた。

「はあ……」

溜息《ためいき》が出る。

明日からまた、拳一つで解決できない撮影ばかりになると思うと、憂鬱《ゆううつ》になる。

寮生活は忙《いそが》しかった。

そして、この夏休みも、大して変わらないだろう。

きっとこれでもかとばかりに撮影の予定を入れてくるに違《ちが》いない。夏休みだからと思って。無遠慮《ぶえんりょ》に。

「のんびりできるのは今日まででしょうね」

王都から実家に帰ってきたのは、ついさっきである。

今は昼食の前に、少し時間を潰《つぶ》しているところだ。

「ご主人様からの手紙には、リストン家に帰ったらすぐに撮影があるとかないとか書かれていましたね」

書かれていたねぇ。

「どれくらい入ると思う？」

「今は寮生活ですからね。入学前と比べて撮影できてませんし、この夏で撮《と》り貯《だ》めもしたいでしょうし、かなりびっしり入るのでは？」

……そうだな、私も入ると思う。びっしりと。隙間《すきま》もないほど。うんざりするほど。

本当に、拳一つで解決しない案件ばかりで大変だ。

「でもほら、夏休みの最終五日は休日にするって約束したでしょう？　そこまで頑張《がんば》りましょうよ、お嬢様」

そう。

夏休み最後の五日は、撮影の予定は入らない。完全な休日となる。

父との交渉《こうしょう》は済んでいる。

最後の五日は、ヒルデトーラとレリアレッド双方《そうほう》と、王族所有の浮島《うきしま》で過ごす予定を入れたのだ。

つまり、完全なバカンスである。

必要最小限しか人がいない、静かで過ごしやすい島らしい。ならば少し遠出すれば修行《しゅぎょう》だって荒行《あらぎょう》だってやり放題である。やりたい放題である。ダンジョンもあるらしいしな。

隙《すき》あらば乗り込《こ》んでみたい。

この夏、心置きなく、私は鍛《きた》える。
己《おのれ》を、そして弟子《でし》リノキスを。
それまでは撮影をがんばろう。
私の夏休みは、もう少しだけ先だ。

第一章　休めない夏休み

まだ遠くが陽に燃える夕刻。

「ニール！　ニア！」

「二人とも、おかえり！」

兄と話をしつつ、テーブルに着いて夕食を待っていると、仕事に出ていた両親が駆《か》けるようにして帰ってきた。

二人が帰ってくるにはちょっと早い時刻である。

子供の里帰りに合わせて、せめて夕食は一緒《いっしょ》に取れるよう、早めに仕事を切り上げてきたのだろう。子煩悩《こぼんのう》なことである。

「ただいま戻《もど》りました。父上、母上」

「お二人もお変わりなく」

数ヵ月ぶりの再会だが、見たところ両親に変わりはない。……ちょっと疲《つか》れが溜《た》まっているくらいだろうか。「氣」の巡《めぐ》りが少しだけ乱れている。

夕食の時間に間に合った両親も座《すわ》り、久しぶりにリストン家の団欒《だんらん》が始まる。

色々と話すネタはあるが、話題の中心は、やはり武闘《ぶとう》大会の放送についてだった。

学院内部の映像——部外者立入禁止である子供たちの生活空間に踏《ふ》み込んだとあって、親でもあり魔法映像《マジックビジョン》関係の仕事にも従事する両親の関心は強い。

あの大会は、まだ継続《けいぞく》されるか確定していない試験的なものだ。だが聞くまでもなく、両親は次の映像を期待しているようだ。

私には企画の決定権はないから何も言えないが、しかし私個人も、次をやらない理由はないと思う。あれは企画として大成功だったからな。

「もう少しで入賞だったね、ニール」

かつては男の子だった父親は、息子《むすこ》の大会結果に誇《ほこ》らしげである。

武闘大会で活躍《かつやく》した兄は、惜《お》しくも六位という結果に終わった。五位までは表彰台《ひょうしょうだい》に立てたのだが。

しかし、小学部三年生でそこまで行けば大したものだろう。三年生と六年生では体格から して大違《おおちが》いだし、更《さら》には中学部生も参加していたからな。

父親が誇らしげなのも、それを加味してだろう。

「ニアも立派な仕事ぶりだったわよ」

　母親も、親として兄と分け隔《へだ》てなく、私について触《ふ》れてくれた。

　大会に出なかった私は、インタビューや雑用をこなした。

　本番こそ出ていないが、選手紹介《しょうかい》などで映像に出ていた時間は兄より長いのである。でもまあ、お褒《ほ》めの言葉を貰《もら》うほどの仕事はしてないかな。

「私はいつも通りやっただけです。それよりお兄様をこれ以上ないほど褒めてあげてください。観《み》たでしょう？　頑張っていたでしょう？　お兄様は立派なものです」

「……やめろよニア……」

　お、恥《は》ずかしそうな兄の顔とは珍《めずら》しい。美貌《びぼう》ゆえになかなかの破壊力《はかいりょく》である。控《ひか》える彼《かれ》専属の侍女《じじょ》リネットを始め、屋敷《やしき》の使用人たちがときめいているのがわかる。

「そうか。じゃあしっかり褒めてやろうかな」

「そうね。リストン家の後継《あとつ》ぎは立派に育っているわ」

「いえ、もう、やめてください……」

　私はもう、親に褒めてもらいたい年齢《ねんれい》ではないからな。私の分まで兄に構ってやってほしい。

　数ヵ月ぶりに再会した家族。

両親が我《わ》が子を褒めるという平和な晩餐《ばんさん》と、それをほんの少しだけ離れて見ている私。

こんな時間も悪くない。


つつがなく食事が終わり、ムースのようなデザートが運ばれてきた。

「ニア。夏休みのスケジュールはもう決まっているのかい？」

目に見えない仕切り直しがあったようだ。

今の父親の発言は、家族の話ではなく、仕事の話に向けてである。

「明日から毎日撮影だと聞いています。――そうよね？」

「――はい。予定を前倒《まえだお》ししていますので、少なくとも二週間はぎっしりと」

私の撮影スケジュールは、リノキスに管理してもらっている。後ろに控えている彼女《かのじょ》に確認《かくにん》すると、肯定《こうてい》の返事があった。

夏休み以降――秋から冬までに放送する「ニア・リストンの職業訪問」の撮り貯めをするのだろう。

しかしこの感じ、両親は今も私のスケジュールには関わっていないようだな。

両親は、リストン領における魔法映像《マジックビジョン》放送局の局長であり、経営者である。だから撮影や企画関係は部署が違うのだ。

正確なスケジュールは、きっと明日、撮影に出てから知らされると思う。

「せっかく帰ってきたのに休む間もないのか。そんなに頑張らなくてもいいんだよ？」

「お構いなく。好きでやっていることなので」

それに、スケジュールの前倒しは、私が頼《たの》んだことである。

夏休み前半でリストン領での撮影を済ませ、それからレリアレッドの実家があるシルヴァー領、次いで王都に泊《と》まりがけで行く予定だ。

まだ詳《くわ》しい内容は聞いていないが、それぞれの領地の番組に出る約束をしている。その辺の調整は頼んであるので、それに合わせたスケジュールを立ててくれるだろう。大人たちが。頭を使って。

そして最後の五日間。

ここに、私の楽しみのすべてを注《そそ》ぎ込んでいる。

――最後の五日は、ヒルデトーラがバカンス用の浮島で過ごすのに便乗する予定だ。

絶対に、休んで遊んで食って飲んで吐《は》いて修行して荒行もして休もうと。

絶対に揺《ゆ》るがすことのできぬ日程を組《く》んだ。

王族が管理していてプライベートで利用するという浮島は、静かで人も少なく、小さいながらもダンジョンがあるそうだ。

ダンジョン探索《たんさく》ができるかもしれない。

いや、できなくてもいい。

そろそろ魔獣《まじゅう》どもを仕留めたい。

この身体でどこまでできるかわからないが、気合の入った拳を振《ふ》るいたい。

まだニア・リストンになってからは、一度たりとも本気を出せてはいないのだ。魔獣ならうっかり殴《なぐ》り殺してしまっても、誰《だれ》からも文句は言われない。

――まあ、できたらいいな、くらいにしか期待していないが。

期待しすぎるとがっかりするからな。すでに今生では何度もがっかりしているしな。

「詳しいスケジュールは追って伝えます」

「うん、そうしてくれ」

「あとお兄様も、たまには撮影に付き合ってくれてもいいのよ？」

「……んĺ?」

無関係みたいな顔をしてムースを食べていた兄に話を振ってみた。おいおい関係ないわけないだろ、魔法映像《マジックビジョン》はリストン家の家業じゃないか。しっかりしてくれ、跡取《あとと》り。

「いや、私はいいよ……ただでさえあの大会の再放送がまだ流れているのに。しばらく映りたくない」

ファンレターか。

やはり言葉の刃《やいば》が仕込《しこ》まれたファンレターが届いていて、心に傷を負ったのか。

まあ、断るだろうとは思っていたけど。

「別に映らなくても、同行するだけというのもありだと思うわ。用事がないなら、観光がてら一緒に行かない？　普段《ふだん》行かない場所に行くのは楽しいわよ」

「……なるほど。そういうことか」

………………。

思案げな兄ニールを、父親はひっそりと溜息を吐きながら、母親は絶えず微笑《ほほえ》みを浮《う》かべながら見守る。

――甘《あま》いぞ兄。

現場に行けば後はどうとでも撮影できるんだぞ。

行った時点で終わりだ。「ただ同行しているだけ」なんて、現場では通じないんだぞ。

私の本心を見抜《みぬ》いている両親が何も言わない辺り――これも大人になるための通過儀礼《ぎれい》のようなものなのだろう。

大人は子供を騙《だま》すものだ。

時に巧妙《こうみょう》に、時にわかりやすく。

その真意を見抜いた上で、あえて乗るのが粋《いき》というものなのだが……さすがに十歳《さい》にもならない子供に求めるのは難しいか。

だが、学習しておいてほしい。

大人は騙すのだ、と。

この世には、行った時点で手遅《ておく》れになることもあるのだ、と。

これから先の人生、嘘《うそ》に騙されて取り返しがつかなくならないように。

「お先に失礼します」

話に区切りをつけて、私は席を立った。

ゆっくりデザートまで片付けた夕食は、久々にリストン一家が揃《そろ》ったということで、長く時間を掛《か》けてしまった。

正確に言うと、父親が仕事のスケジュールを聞いた辺りから、伸《の》びに伸びた形だ。

私や兄は、これからひとっ風呂《ぷろ》浴びてゆっくり過ごすだけだが、両親は違う。外から帰ってくるなりテーブルに着いて、今も仕事着のスーツのままである。

着替《きが》えも風呂《ふろ》もこれからなので、あまり彼らを長く拘束《こうそく》するのはまずい。ただでさえ疲れ気味なのに、無理をさせては明日に障《さわ》る。

「あ、ニア。近い内にベンデリオを呼ぶよ。企画の話をしたいそうだから」

「わかりました。具体的な日時が決まったら教えてください」

最後にそんなやり取りをし、私はリノキスを連れて自室に戻った。

「――ではお嬢様、宿題をしましょうか」

……そうだな。

夏休み最後の五日をなんの憂《うれ》いもなく過ごすために、毎日コツコツ学院から出された課題をこなし、気がかりを全部解消しておかないとな。

まだ子供の修学内容だから、わかる部分も多いが……やはり頭を使うのは苦手だ。

むしろこういう頭を使うことが嫌《いや》だから、一撃《いちげき》必殺にして鎧袖一触《がいしゅういっしょく》の、何者をも超《こ》える力を求めた節もあるというのに……。

今生では、頭を求められるのか。

前世は武の求道を歩んだが、今度は頭か……やれやれ。頭突《ずつ》きは強いのに中身は弱いとは皮肉なものだな。

「嫌な顔をしながらも逃《に》げないお嬢様が私は好きですよ」

「私は私を絶対に逃がすまいと身構えているリノキスが嫌《きら》いだわ」

「これもお嬢様のためですから」

「時に善意は害意となることもあるのよ」

「そんなのいいから、さ、早くやりましょう。わからないところは聞いてくださいね」

弟子に軽くあしらわれた。その上魔晶板《ましょうばん》まで用意して私が禁止されている番組を見始めた。お茶とお菓子《かし》まで用意して。完全にくつろいでいる。宿題と戦う私をよそに。……敬意が足らんぞ弟子。師を敬え。というか何だこの構図。なんで侍女が休んでる横で私は宿題をしてるんだ。

……なんて考えていても仕方ない。やるか。


こうして夏休みが始まった。

始まってすぐに、学院にいた頃の約二倍ほどの仕事をこなすことになった。

多少忙しいのは覚悟《かくご》していたが、想像以上の仕事量だった。

具体的なスケジュールを渡《わた》された時、私は思った。

これは私を殺しに来ているのではないか、と。

——二週間で三十二本撮りだと……？

確かに、できるだけ夏休みの前半二週間に詰《つ》めてくれとは言ったが、ここまでぎちぎちに詰める奴《やつ》があるか。

ベンデリオめ、くどいのは顔だけにしておけばいいものを。殺人的なまでにくどいスケジュールを組みおって……。

一日二本の撮影でも、精神的にはきついのに。

もしかしたら二本どころか三本撮りもあるのではなかろうか。

たまたま撮影に同行してきたベンデリオに、皮肉を込めて遠回しに苦情を入れたら、彼奴《あいつ》めは朗《ほが》らかだがくどい顔で笑うのだった。

「――ははは。ニアちゃんなら大丈夫だよ。可愛《かわい》いし」

久しぶりに良心が痛んでもいいから人を殴りたいと思った。

ローで崩《くず》して顔面に正拳《せいけん》を叩《たた》き込んでやりたいと思った。

取ってつけたような「可愛い」も腹が立った。

むしゃくしゃしたからリノキスの修行を二割増しできつくしてみた。恨《うら》むならベンデリオを恨むがいい。

朝から夕方まで撮影、帰ってからは修行と宿題。

時々泊まりがけ。

学院生活を懐かしく思う暇《ひま》がないほど、慌《あわ》ただしく毎日が過ぎていく。

もはや何日が過ぎたとか考えるのさえやめていた、ある日。

両親が帰宅するのと一緒に、ベンデリオがやってきた。――ちなみに夏休み六日目だそうだ。もはやどうでもいい。終わりしか求めていない。

そういえば企画会議をやると言っていたな、と思い出して、呼ばれるままに応接間に行く。ベンデリオの名前を聞くだけでむしゃくしゃしたので兄も呼んでもらった。どこかで兄の出番をねじこんでやろうと思う。恨むならあのくどい顔を恨んでほしい。

こうしてこのメンツで会議をするのは、約二年ぶりになるだろうか。

生存報告をするために初めて魔法映像《マジックビジョン》に出た、その後。

「今後も出ないか」という話が回ってきたのだ。

リストン邸の応接間での会議自体は何度かやっているが、その時は学院の寮にいた兄はいなかったから。

少し懐かしい顔ぶれである。

思えば、それぞれ座っている席も、佇《たたず》む使用人たちも、全員同じ配置だ。

「この中からやりたい企画を選んでほしいんだ」

腹立たしいほどゴキゲンなくどい顔で、ベンデリオは鞄《かばん》から厚みのある書類を取り出し、ばさっとテーブルに置いた。

「ノルマは三つかな。それ以上でもいいけどね」

……おいおい、まさかそれ全部企画書《きかくしょ》か……？

というか、ノルマは三つって……今の過密スケジュールに、更に仕事を上乗せする気か……？

「ベンデリオ様」

「ん？」

「ちょっと表に出ない？　二人きりでお話ししましょう？」

肉体言語で。

もはや暴力という言葉で語りたい。

「ははは。魅力的《みりょくてき》なお誘《さそ》いだけど、君のご両親が絶対に許さないから無理かな。それより楽しい楽しいお仕事の話をしようね」

楽しいのは貴様だけだがな！　くそ！　あのくどい顔を殴りたい！　殴りたい！

……やるか。

文句を言ったって、仕事も宿題も減らないからな。

新たに上乗せされた三本は。

一本目――「ニア・リストンと追いかけっこ！　～うちの犬はもっと速い～」。

これは、いつだったか牧場で撮影を行った際、牧羊犬と戯《たわむ》れたことがあり、犬より先に投げたボールを拾った私の姿に起因しているそうだ。

曰《いわ》く、「うちの犬はもっと速い」と。「ニアちゃんより速い」と。

そんな手紙が何通か届き、じゃあ勝負しようと。そんな方向から生まれた企画である。

「これならお兄様も出られるわね？　走るだけだし」

「頑張れよ、ニア」

二本目――「劇団氷結薔薇《アイスローズ》の双王子《そうおうじ》と王都観光」。

私が初めて舞台《ぶたい》に立った劇『恋《こい》した女』以降、劇団氷結薔薇《アイスローズ》の人気は順調に上がってきているそうだ。

とにかくまた双王子……ユリアン座長と妹ルシーダの姿を観たいという熱狂的《ねっきょうてき》なファンから、絶えず出演の要望が来るそうだ。

「氷結薔薇《アイスローズ》のユリアンさんに問い合わせたところ、自分たちは魔法映像《マジックビジョン》慣れしていないから単独出演は無理、慣れてるニアちゃんと一緒なら大丈夫かも、ってさ」

私も彼らと面識があるし、気心が知れているという点ではやりやすいので了承《りょうしょう》した。

「これならお兄様も」

「応援《おうえん》してるぞ、ニア」

　そして三本目――「病院慰問《いもん》（仮題）」。

　これは、かつて病床《びょうしょう》に臥《ふ》していた私だけに、病人からのファンレターが多いことから、初期の段階から発案されていた。

　私の病状や経過を見るためにあえて後回しにしていたらしいが……機を逃《のが》しすぎて早二年が過ぎていた、という遅咲《おそざ》きの企画である。

　ほら、病気が治ってすぐに慰問したけど、その直後に体調を崩して……なんてことになったら、今まさに病気と戦っている人たちから生きる気力を奪《うば》いかねないから。

　私の体調が「今は元気！　完全に病気を克服《こくふく》した！」と言い切れるまでは、見送られていた企画なのだ。

　二年前の当時は、この身体は痩《や》せていたし、見るからにひ弱だったから。経過を見ないと危ないと思われていたわけだ。

「お兄様。これはお兄様もやるべきだと思うわ」

「頑張ってくれよ、ニア」

「ダメよ。私も付き合うけど、これは領主の息子にしてリストン家の跡取りの仕事だわ。言わばリストン家の公務だと思うわ」

「……わかった。わかったよ」

八つ当たりで同席させた兄だが、この企画は本当にやるべきだと思う。

と、こうして三本の仕事が上乗せされたわけだが。

「ほかにやってみたい企画はないかな？　ほら、これとか」

「いい加減ぶっとばすわよ」

ただでさえ三十二本撮りなのに。

更に三本上乗せされただけでも我慢《がまん》の限界なのに。

これ以上を求めるとか、さすがにないぞ。

私が両親の前でまだ笑っていられる内に、帰れ。くどい顔め。

「可愛いニアちゃんに殴られるなら、おじさんも本望《ほんもう》かな。で、この企画なんだけど」

——引かないのか、この男。これほど言っても。……この男は肉体ではなく精神が強いんだな。押《お》しも強いし。仕事もできるし。

くそ、親の前じゃなければ殺気だってチラつかせてやるのに。

でもまあ、いずれ殴ることは確定したが。

私は引き際を用意した。

しかし引かなかったのはベンデリオだ。

このことは忘れないからな。絶対に忘れないからな！

撮影には大概《たいがい》慣れた。

これだけやっていればさすがに慣れる。あまりよくないのかもしれないが、正直スケジュールの後半は惰性《だせい》でやっていた。

まともに頭を働かせていては、この苦行に耐《た》えられないと思ったから。何かがブチッと切れてしまいそうだったから。あのくどい顔を衝動《しょうどう》に任せてやってしまいそうだったから。

しかし、そんな中にも楽しい撮影もあった。

それが犬企画である。

最初は戯れから始まった犬との競走なのだが、それをちゃんと一本の企画に仕立てたものだ。

犬と飼い主の紹介。

犬の格好《かっこう》いいところ、運動能力の高いところを撮影。

多少私と戯れて可愛いところもアピール。

そして、私との勝負だ。

――正直、身体を動かす撮影は、気が楽だった。

外に出て、広い場所を流す程度に心置きなく走るのは、気持ちよかった。贅沢《ぜいたく》を言うなら対戦相手がもっと速ければ……という感じだ。

終盤《しゅうばん》、何度やっても私の方が勝つので、ちょっと飼い主と犬の機嫌《きげん》が悪くなっていたが……あれは私のせいじゃないよな？　犬の足が遅《おそ》いんだから仕方ない。

惰性でやっていた後半、印象に残った撮影は、それくらいだった。


慌ただしいことこの上ない二週間は、あっという間に過ぎていき。

ようやくこの日を迎《むか》えることになった。

「――静聴《せいちょう》ありがとう。それでは、乾杯《かんぱい》！」

父親の声に応え、大勢の人が乾杯と返す。私もジュース入りのグラスを掲《かか》げた。

魔法の灯《あか》りを浮かべた照明の下、なごやかな雰囲気《ふんいき》で宴《うたげ》が始まった。

今日は内輪のパーティーだ。

普段なかなか顔を合わせることのないリストン家のシェフが、外に用意した鉄板で肉や野菜を焼き始め、使用人たちが慌ただしく来賓《らいひん》に食べ物や飲み物を運ぶ。

私の仕事納め……というわけでもないのだが、一応そういう意味で、リストン邸の庭で

バーベキューが行われることになった。

両親は、兄や私と旅行にでも行きたいと言っていたが、向こうも私もスケジュールの都合で無理だった。

なので、せめて家族の思い出をと、このバーベキューを提案してきた。

最初は家族だけでやろうという話も出ていたが、「私の仕事納め」であるなら、ほかの人も一区切りついたと見なしていいだろう——と私が提案し、家族以外の関係者も参加する運びとなった。

関係者は、リストン領放送局の人たちである。

今や、もしかしたら両親より親しい仲になっているかもしれない撮影班《さつえいはん》に、憎《にく》きベンデリオ。

こういう機会でもないと会うことがない企画部《きかくぶ》や編集部の局員も来ているので、結構大規模な集まりとなっている。

ちなみに放送局局員は庶民《しょみん》出も多いので、貴人らしい格式ばったパーティーではなく、むしろラフな格好推奨《すいしょう》だ。家族連れも許可されているので子供の姿も見える。

だから、あくまでも内輪のパーティーなのだ。言ってしまえば組織のトップである局長の粋な計らいというやつである。

過密に過密を重ねたような殺人過密スケジュールだった二週間を経て、ようやくこの日を迎えることができた。

くどい顔に仕事を押しつけられて、最終的には三十七本撮りとなった。

二週間で三十七本。

地獄《じごく》だった。

もはや最初の撮影がなんだったかも思い出せないくせにベンデリオへの恨みは募《つの》っていく、というちょっとおかしな心理状態になっていた。

本当に、私の命を取りに来ているのではないかと思わせるほどに、異常な仕事量だった。大人だって音《ね》を上げるほどだったと思う。

私は体力にはそれなりに自信があるが、精神が……心というか、思考力というか、肉体のように鍛えられない部分にモロに響《ひび》いてきた。

命懸《いのちが》けの死闘《しとう》なんて望むところだし、一瞬《いっしゅん》の判断ミスで死ぬような極限状態も結構好きだが……そういうのに使う精神力ではない、別の部分の精神力をガリガリ削《けず》られた感じである。

そして、私が忙しいということは、同行する撮影班も忙しいということだ。

彼らの忙しさは、私の忙しさに比例しているのだから。

無論、私の撮影だけが彼らの仕事というわけでもないのだ。ほかにもやることはあるだろう。私の宿題のように。

そう考えると、もしかしたら私より大変だったかもしれない。

「――ニアちゃん！　終わったね！　ついに終わったね！」

泣くなメイク。同じ経験をしてきた私は完全に同調できるぞ。もらい泣きするぞ。パーティーで泣かせる気か。

「――終わった！　生きてる！　ニアちゃん、俺《おれ》たち生き残れたね！」

泣くなカメラ。……死ぬかと思ったな、お互《たが》いに。忙しさに殺されると思った二週間を生き抜《ぬ》いたな。

「――はあぁぁ……はぁぁああぁぁ……家に帰れるよぉ……」

泣くな監督《かんとく》。……お疲れ様。娘《むすめ》さんとゆっくり過ごしてくれ。

気が付けば、私の周りには共に戦った撮影班の大人たちが集まり、涙《なみだ》ぐんだり涙を流したりさめざめ泣いたりしていた。やめろ私も泣くぞ。いいのか泣くぞ。いいんだな？

……終わったなぁ……。

……本当に、本当に、やっと終わったんだな……うっ、目から汗《あせ》が……。

なんだ三十七本撮りって。

何も思い出せないくらい毎日毎日毎日毎日目まぐるしく色々やらせやがって。

「……ベンデリオは」

ぽつりと。

まるで一番最初に地を濡《ぬ》らした雨粒《あまつぶ》のような、小さな小さな雫《しずく》をこぼした私に。

「「――絶対許さない」」

撮影班の皆《みな》は声を揃えて言い切った。

――私たちは、あの殺人過密スケジュールを、この魔法の言葉で乗り切ったのである。

つらい時も。

何がつらいのかわからないけどとにかくつらい時も。

理由のわからない涙があふれた時も。

無性《むしょう》に家族に会いたくなった時も。

何もかもから逃げてしまいたい衝動に駆られた時も。

逃げた者を逃がすまいと、一人だけ幸せになどさせるものかと全員で追いかけた時も。

心が軋《きし》む音が聞こえ、悲鳴を上げた時も。

私たちはベンデリオへの恨み言を言うことで、乗り越《こ》えてきたのだ。

――許すか。あいつを許すものか。

「やあニアちゃん！　お疲れさん！」

奴が来たベンデリオがくどい顔で来た殴りたい顔がくどい！　ぶっとばす！

「……ははは。またあとでねっ」

何かを察した……というより、私を含《ふく》めた周囲の人間が恨みがましい視線を向けたせいで、奴はそそくさと去っていった。もしくは皆で泣いていたので引いたのだろう。

――許さない。奴は許さない。

この夏、撮影班と固い絆《きずな》が生まれ。

ベンデリオへの恨みは山の如く募るのだった。


まあ、本気九割の冗談《じょうだん》はさておき。

これでリストン領での撮影《さつえい》は一段落だ。

ベンデリオに対しては今のところ恨みしかない状態だが、それでも、私は納得《なっとく》してこなしてきた。そうじゃなければとっくに殴っている。さすがに。

「今が売り時」という彼の言葉を支持したからである。

先日の武闘大会の放送から、魔法映像《マジックビジョン》の支持率が大きく動いたのだ。

これまでは決して見ることができなかった学院内部の映像と、そこに自身の子供が通っているという事実と。

この二つの要素が、今までにない客層を開拓《かいたく》しているらしい。

ヒルデトーラの読み通り、あるいは狙《ねら》い通りだ。

学院に子供がいる親が、今、魔法映像《マジックビジョン》に注目している。そして実際に魔晶板がいくつか売れている。

今が勝機と見たベンデリオが、ここぞとばかりに学院に通う子供であるニア・リストンの映像を流し、開拓できそうな層へ刺激《しげき》を与《あた》えることを考案。

そしてあの殺人過密スケジュールの三十七本撮《ど》りに繋《つな》がった、と。

まあ、そうじゃなくても、次に帰省できる連休は冬なので、それまでの撮り貯《だ》めは必要だった。

ただ、二週間に詰め込《こ》み過ぎただけの話だ。

どんな理由があっても許さないが。

リストン領での撮影は終わったが、明日向かうシルヴァー領でも、いくつか撮影をすることになっている。それから王都にも行く予定だ。

さすがに三十七本撮りなんて無茶《むちゃ》なことはさせないだろうから、気は楽である。

——せっかくのパーティーなのに、いつまでも湿《しめ》っぽくなっていてはもったいない。

地獄を共にした撮影班に「パーティー楽しんでね」と言い、私は彼らと別れた。

さて、私もベンデリオのことなど忘れて楽しむか。

……これだけ雑多な状況《じょうきょう》なら、こっそり酒瓶《さかびん》を拝借してもバレないだろう。一本くすねて隠《かく》れて楽しむか。

と、思った瞬間《しゅんかん》から。

いや、正確には単独で動き出してから、いろんな人に声を掛けられ始めた。

普段は会わない企画部、編集部の人たちが主である。挨拶《あいさつ》から始まり、やはり仕事の話になっていく。

「――ニアちゃん。犬の企画《きかく》面白いね」

「――そうですね。私も楽しかったですよ。評判が良ければシリーズ番組にしてもいいかもしれません」

「――いいねえ！　いろんなところから毛が生えた毛深い動物と戯れる美少女……これはいける！」

戯れるシーンは競走する前に撮るべきだな。やった後、私はよく犬に嫌われるから。

あまり見ない部署の局員と話したり。

今度は個々で遭遇《そうぐう》した撮影班の人と、延々とベンデリオの悪口を言い続けたり。

年上女性たちに可愛がられる兄をニヤニヤしながら見守ったり。

そんな風にして、リストン家での最後の夜は過ぎていった。

まあ、それなりに楽しかったかな。酒は呑《の》めなかったが。

そしてパーティーの翌日。

「家にいても両親に気を遣《つか》わせるだけだから」と同行を願い出た兄ニールと共に、私とリノキスはシルヴァー領へと旅立つのだった。


「……ニアちゃんが来る……ニアちゃんが来る……」

シルヴァー家の朝食では、今日も次女リクルビタァが、魔法映像《マジックビジョン》に映るニア・リストンを観てブツブツ呟《つぶや》いている。

その表情は、何かに追い立てられているかのように思《おも》い詰めている。

リクルビタァはニア・リストンのファンである。

年端《としは》もいかぬ子供に対し無遠慮《ぶえんりょ》ないかがわしい視線を向けて舐《な》めるように見ている、下心を隠そうともしない穢《けが》れた性根《しょうね》を持つ外道《げどう》ではあるが。

それでもファンはファンである。

いや、むしろ――自分が穢れた外道のくそったれなファンだと自覚しているからこそ、焦《あせ》りが募るのだ。

自分のような穢れた外道のくそったれの貧乳《ひんにゅう》が、無垢《むく》なる輝《かがや》きを放つ彼女の目の前に立っていいわけがない、と。

自分のような穢れた外道のくそったれの貧乳のでもそこが密《ひそ》かにチャームポイントだと思っているような下劣《げれつ》な人間が、穢れを知らない少女の網膜《もうまく》に映り込んでいいわけがない、と。

――十日ほど前、末娘《すえむすめ》のレリアレッドがシルヴァー邸《てい》に戻《もど》ってきた。

その夜の夕食時、彼女は衝撃《しょうげき》の一言を放ったのだ。

「お父様、予定通り二週間後にニアが来ます。本人の同意も得られたので、遠慮《えんりょ》なく撮影スケジュールにニアを組み込んでください」

「えっ⁉」

老いた父親に何か言っているが、それよりリクルビタァには大事な部分が、無視できない部分があった。

「ニアちゃ～んが来るの⁉　このジジイの館に⁉」

「…………」

ジジイの館の主たるジジイ、ヴィクソン・シルヴァーは何か言いたげに次女を見るが……結局何も言わずにレリアレッドに視線を戻した。

「来ますよ。あれ？　前もってお父様には手紙で知らせてあるけど」

「お父様！　聞いてないわ！　……え⁉　姉さまは聞いてるの⁉　リリミも⁉」

じめじめして暗くニチャッとした粘着質《ねんちゃくしつ》な次女リクルビタァにしては、なかなか必死に声を張っている方である。

そして長女であるラフィネと、末娘と一緒《いっしょ》に帰ってきた三女リリミが何の反応もないことに、自分だけ知らなかったことを悟《さと》る。

しかし冷静に考えれば、何も問題はないのである。

ニア・リストンが来るのは明日明後日の話ではない。二週間後なのだ。

このタイミングで知ることは、特に遅いとか、いきなりとか、そういうわけではない。

なんの問題もないちゃんとした告知である。

だが、そんなことは関係ないとばかりにおろおろしている次女。

そんな次女に、ヴィクソンは言う。

「そろそろ会いなさい」

魔法映像《マジックビジョン》絡《がら》みで、シルヴァー家とリストン家は関わりがある。

現に次女を除く全員が、リストン家の全員と顔を合わせ、挨拶も済ませているのだ。

何を思って次女がニア・リストンと会わないかは知らないが、貴人の娘として相応《ふさわ》しくない態度だと、ヴィクソンは常々思っていた。

長女と次女の結婚《けっこん》が遅いことも、結婚相手の候補さえいないことも、結婚に対する焦りや意欲がないことも。

それらは貴人の娘としてどうか、と思わなくもないが、もうそういうことを考える時代ではないので、それはいい。

だが、シルヴァー家の一員として、何かと世話になった相手に挨拶さえしないのは、どうかと思っている。

リストン家には、魔法映像《マジックビジョン》の放送局を建てる段にて、非常に世話になった。今だって撮影や企画《きかく》に関してよく相談に乗ってもらっている。

絶対に、ないがしろにはできない相手だ。

「ニア・リストンだけではなく、リストン家とは今後も付き合いがあるはずだ。おまえもシルヴァー家の者なら、最低限の礼を尽《つ》くしなさい」

しかも、だ。

ニア・リストンは末娘の学友であり、子供ながらに魔法映像《マジックビジョン》関連の仕事に携《たずさ》わる同業者とも言える。

そんなニア・リストンが、末娘の友人として、シルヴァー領に来るという。

その上シルヴァー領放送局の企画に参加するつもりもあるという。

念のためにリストン領領主オルニット・リストンに確認《かくにん》したところ、「ギャラは破格でいい」と返答があった。

金取るのかよ、と正直思わなくもなかったが――よくよく考えるとその方が起用しやすい。

撮影時、ニア・リストンには色々な要求をするだろう。

その時「ただ働きなのに注文だけは多い」なんて思われるのは癪《しゃく》である。

――そう、オルニット・リストンの「ギャラは破格でいい」という返答は、何気にベストだったのだ。

というのが十日前の話である。

「いいかげん覚悟を決めたら？」

日に日に迫《せま》るニア・リストン襲来《しゅうらい》というプレッシャーを受けている次女に、長女ラフィネはあきれた顔を向ける。

「で、でで、でもっでもっ！　私のような穢れた外道のくそったれの貧乳のでもそこが密かにチャームポイントだと思っているような下劣で卑屈《ひくつ》で臭《くさ》そうでいやらしい人間が、穢れを知らないニアちゃんの視界に入っていいわけないじゃない！」

「あぁ？　……まあそうだけどさぁ」

「なぜ否定しないの姉さま⁉」

否定の言葉など誰も持っていないからだ。

――あ、結構自覚あるんだ、とは思っても言わない。本当に見たままなんだな、とも言わない。口先だけの変態じゃなくて自覚ある変態なんだな、というのも飲《の》み込んでおく。

「でも、お父様じゃないけどそろそろ会っておかないと、後々会いづらくなるわよ。どうせ今度の訪問は始まりなんだから。これからニアちゃんは何かにつけこの屋敷《やしき》に来ると思うわ。具体的には夏と冬と春の長期休暇《きゅうか》にね。

ねえお父様？」

特に否定する理由もないので、ヴィクソンは頷《うなず》いた。

「わしは今度の訪問を機に、ニア・リストンを定期的に招きたいと思っている。そのつもりで歓待《かんたい》するぞ。シルヴァー領にもあの子のファンは多いからな、ぜひうちのチャンネルに出てもらいたい」

もちろん破格で、と心の中で付け足す。

さすがに娘や使用人の前で言うには、次女に続いて赤裸々《せきらら》すぎる。そういうのは次女だけでいい。

非常に打算的だが、逆にレリアレッドがリストン領に行くこともあるだろう。

要するに、持ちつ持たれつだ。

まだ普及率《ふきゅうりつ》が低すぎる現在は、魔法映像《マジックビジョン》を盛り立てる同志であり、仲間である。

今足を引っ張ったり邪魔《じゃま》をしたり、厚意を拒否《きょひ》すれば確実に自分たちに返ってくるだろう。それはあまりにも愚《おろ》かだ。

いずれ利害関係で対立することもあるかもしれないが、今は全面的に受け入れるべき時期である。

というか、現状からすれば、むしろ利害関係で対立するほど魔法映像《マジックビジョン》業界を発展させることが目標とも言えるだろう。

ぜひとも幸せで贅沢な対立をしてみたいと思う。

「……はぁぁぁ……ニアちゃんが来るよぉ……」

思い悩《なや》む次女《変態》を見る家族と使用人の目は、ひどく生暖かい。

「――レリアレッドお嬢様《じょうさま》。ニア様からお手紙が届いています」

朝食が終わり、皿が下げられたところで、使用人がレリアレッドに封筒《ふうとう》を差し出す。

「え？　ニアから？」

行儀《ぎょうぎ》が悪いとは思うが、レリアレッドは受け取るなり封筒を開けた。

このタイミングで届いた手紙に、ニア側に予定の変更《へんこう》でもあるのかと思ったからだ。

まだ家族がテーブルにいるので、今後の予定に拘《かか》わるなら、一秒でも早く伝えておかねばならない。スケジュール管理をしている父親には特に。

そう思い、折り畳まれた手紙を広げて目を通し……ていくほどに、ぶるぶるとレリアレッドの手が震《ふる》え出す。

何度も何度も同じ場所を読む。

何度読んでも内容が変わるわけではないが、それでも何度も読み返す。

「どうした？」

末娘の深刻な表情と手の震えに、ヴィクソンが眉《まゆ》を顰《ひそ》める。

それほど重要なことが書かれているのか、あるいはまさかの悲報か、訃報《ふほう》か――かつてあの少女は病床に臥し死にそうになっていたという事実が脳裏《のうり》を過《よぎ》る。

「……来ます」

「ん？　ニアがか？」

「――違《ちが》うわ！　ニール様です！　ニアのお兄様です！」

そう。手紙には書いてあった。

「暇だというお兄様も一緒に行くね。もし都合があって泊《と》められないなら街のホテルにでも行かせるからとりあえず連れて行くね」と。

日に日に迫る、ニア・リストンとニール・リストンの訪問。

次女に続いて末娘まで、なんだかそわそわし始めて、挙動不審《きょどうふしん》になってしまった。

そして、その日がやってくる。

早朝、兄の懐古趣味《レトロ》な飛行船に乗り込んだ。

約半日という旅程で、シルヴァー家が治める浮島《うきしま》へと到着《とうちゃく》するという。

ということは、到着はだいたい夕方頃《ゆうがたごろ》だろうか。

まあ、特に急ぐ理由もないので、その辺はお任せである。無理のない速度で飛んでくればそれでいい。

つい昨日の午前中まで続いていた、驚愕《きょうがく》の三十七本撮りの影響《えいきょう》だろうか。朝も早くに飛行船に乗り込んですぐ、私は部屋にこもって二度寝《にどね》に入った。

身体はいいとして、どうやら自分が自覚する以上に精神的に疲《つか》れていたらしい。とにかくまだ休みたかったのだ。

時間に追われない休息の、なんと心地《ここち》よいことか。

かけがえのない時間を噛《か》み締《し》めながらベッドでまどろみ、昼頃《ひるごろ》にようやく起き上がる。

——うむ、かなりすっきりした。

シルヴァー領でどんな過ごし方をするのかわからないので、今の内に休んでおいた方がいいと思う。また仕事仕事で大変なことになるかもしれないし。

……それにしても本当に疲れたな。地獄のような帰省、地獄のような二週間だった。

何せ三十七本撮りだ。

二週間で三十七本である。

なんの冗談だ。そんなのこなせるわけがないだろうが。……こなしたけど。

普通《ふつう》の子供だったら絶対に潰《つぶ》れているぞ。大人でも怪《あや》しい。こんなのやらせるなんて……恐《おそ》ろしい大人たちがいるものだ。特にベンデリオだ。あいつは許さない。

まだまだ募るくどい顔への恨《うら》みつらみに心を染めつつ部屋を出ると、甲板《かんぱん》で木剣《ぼっけん》を振《ふ》るい侍女《じじょ》と打ち合っている兄ニールの姿があった。

というか、リノキスもいた。見学しているようだ。

「あ、お嬢様。ゆっくりできましたか？」

昼寝《ひるね》をするのでリノキスには外してもらっていたのだ。添《そ》い寝《ね》もいらないしな。

「充分《じゅうぶん》休めたわ。それより――なかなかいいわね」

私の視線は、吸い寄せられるように兄の方に向く。兄専属侍女リネットとかなり激しくやりあっている。

兄は、まだ八歳《さい》だよな。

八歳までここまで動けるのか。

これはなかなかの逸材《いつざい》だ。このままの調子で伸《の》びてゆけば、もしかしたら私を超《こ》えるかもしれない。……いや、無理か。リストン家を継《つ》ぐ兄がいつまでも剣術《けんじゅつ》にかまけていられるわけがない。

私を超えるなら、少なくとも三十年は集中して鍛《きた》えないと。

武の極《きわ》みに近道はない。

「この前の武闘《ぶとう》大会に触発《しょくはつ》されたようです。夏休みもよく訓練をしていたらしいですよ。お嬢様が撮影に出ている間に」

ああ、しっかり鍛えているのか。

兄は二、三回は仕事に付いてきたが、無理やり撮影に参加させる方向に持っていったら、付いてこなくなったんだよな。

――勉強になったな、兄よ。行ったら終わりなのだ。

彼《かれ》の場合は、いずれ必ず、女で揉《も》める。

女を送るとか送らないとか、部屋に行くとか行かないとかで、大変な事件に発展することもあるだろう。

迂闊《うかつ》な親切心が災《わざわ》いを呼ぶこともある。

行ったら終わりというケースもあるのだ。忘れるなよ、兄よ。

「そういえばお嬢様。お手紙を預かっていますよ」

「え？　手紙？」

なんだ。なんの手紙だ。

「送り主はシルヴァー家ですが、封《ふう》はご主人様が切ってあります。

シルヴァー家からリストン家に、お嬢様の撮影スケジュールを具申《ぐしん》する手紙が届いたとのことです。

チェックは済んでいるので、あとはお嬢様が決めていいと仰《おっしゃ》っておりました」

リノキスが差し出した手紙は、確かにもう開封《かいふう》されてあった。その場で受け取り中を見ると、企画のリストがあった。

「ご主人様は、お嬢様の昨日までの忙《いそが》しさを理解していただけに、あの状況でこれを渡《わた》すのは控《ひか》えていたそうです。さすがに押し付けすぎだ、と」

賢明《けんめい》な判断である。

三十七本撮りの最中に、更《さら》に仕事の話を持ち込まれていたら、たぶん暴れていた。そして確実にベンデリオを殴《なぐ》り飛ばしていた。衝動と本能のままに。

リストに横線を引いてあるのが、父親が却下《きやつか》した番組ということだろう。私は消されていない残りの候補から選んでいいわけだ。これがシルヴァー領でやる仕事か……ん？

「ねえリノキス、犬はそんなに人気があるの？」

興味があるものやないものの企画名が並ぶ中、異質というか、気になるというか、とにかく引っかかるものがあった。

そう、犬である。

犬と追いかけっこする企画である。

昨日のバーベキューでも企画部のお偉《えら》いさんが言っていたが、そんなにあの犬企画は受けがいいのか。

私からすれば、勝って当然の結果が見えている勝負でしかないのだが。いかにも「ギリギリで勝ちました」的な調整をするので、意外と気を遣うし。

まあそれでも、頭より身体を使う分だけ気楽ではあるが。

しかしなんだ。

敗北を突《つ》きつける犬はどうにもできないが、飼い主に恥《はじ》を掻《か》かせるのはよくない。

何せ向こうが「うちの犬速いよ」と便りを寄越《よこ》してきた上での企画だ。簡単に勝ってしまったら立場がない。

こちらも人気商売だ、人に嫌《きら》われるのは避《さ》けたい。なんなら私が負けてもいいくらいなのだ。それで角が立たないならな。

その犬企画が、シルヴァー家から来たリストにも載《の》っている。しかも二つも載っている。名称《めいしょう》こそ違うものの内容は同じだろう。

「どうでしょうね。リストン領での評判はいいみたいですけど、シルヴァー領でどうかまではさすがに」

まあ、それはそうか。

リノキスの行動範囲《はんい》は私の行動範囲とほぼ一緒だしな。知りうることも似たり寄ったりだろう。

「――あれは面白《おもしろ》いな」

と、訓練を終えて額に汗する兄が、こちらにやってくる。

「ニアより大きな犬なのにニアの方が速い、というのは不思議と面白い構図に見える。なあ、リネット？」

へとへとな兄とは違い、涼《すず》しげな顔のリネットは「そうですね」と同意する。

「ニアお嬢様が勝てば勝つほど、企画の人気は上がっていくのではないでしょうか。先日の武闘大会でも兆候が見られましたが、挑戦《ちょうせん》や対戦という趣旨《しゅし》の番組は、人の関心を引きやすいのかもしれません」

――なるほど。

挑戦もの、対戦ものは関心を引く、か。

リネットの意見は今後に活きるかもしれない。ヒルデトーラに会ったら伝えてみよう。


昼食を取ったり、軽く修行《しゅぎょう》をしたり。

のんびり兄と話したり、リストン家の財政状況について相談したり。

ここ最近にはなかったゆったりとした時間が、変わりゆく景色と共に過ぎてゆく。

遥《はる》か遠くで赤く染まる一面の海と、豆粒《まめつぶ》のようにしか見えない彼方《かなた》の浮島と。

猛《もう》スピードで進む飛行船から遠くを眺《なが》めていると、遠くに巨獣《きょじゅう》・富嶽《ふがく》エイが優雅《ゆうが》に空を遊泳する姿を発見した。

長い尾《お》の先でさえ、今私たちが乗っている飛行船と同じくらい大きい。当たるどころか掠《かす》るだけで墜《お》とされるだろう。

まさに遊泳する浮島とでも表すべき特級魔獣《まじゅう》である。……前世の私が知っているのと同じ個体だろうか。近くで見たらわかるかな。

そんな半日程度の空の旅は、シルヴァー領に到着して終わりを告げた。

夕方ではなく、もうじき夜になるという時刻。

領主の使いで来たというシルヴァー領の紋章《もんしょう》が入った飛行船に案内され、シルヴァー邸のある浮島へと先導されるのだった。


「ニール様！」

港に着けた飛行船から降りたところで、赤毛の幼女と少女が駆《か》け寄ってくるのが見えた。

シルヴァー家の末娘であるレリアレッドと、三女のリリミである。

私たちが到着したことを聞きつけ、屋敷から飛び出して来たのだろう。

「久しぶり、レリ……ア？」

赤毛の幼女は、挨拶しようとした私の脇《わき》をスタタッと軽快に素通《すどお》りしていった。

「こんにちは……いや、もうこんばんはかな？　久しぶりだね、レリアちゃん」

ああなるほど、兄か。兄にまっしぐらか。私など視界に入らなかったか。

「ごめんねニアちゃん。後できつく言っておくから」

今のをしっかり見ていた姉リリミが言うが、私は首を横に振った。

「構いません。子供らしくて可愛《かわい》いものじゃない」

基本的に子供なんて礼儀《れいぎ》知らずなものだし、多少やんちゃな方が却《かえ》って安心できるというものだ。

「……うん、まあ、ニアちゃんも同い年だけどね……」

苦笑《くしょう》する理由はわかる。だが肉体は子供でも中身は子供じゃないので仕方ない。

「そちらの返答も待たず同行したけれど、兄も一緒にお邪魔しても？　なんならこのままホテルに向かわせますが」

手紙で一緒に来ることは伝えたが、それは一方的に伝えたことだ。シルヴァー家からの返答は貰《もら》っていない。

まあダメならホテルに泊まってもいいし、いっそこのまま飛行船に乗って友人の家まで行くのもいい、と兄は言っていた。

「歓迎《かんげい》すると父は言っていたわ。リストン家には大いにお世話になっているし」

そうか。……まあシルヴァー家は第五階級貴人だ。客が突然《とつぜん》二人三人増えたところで、負担を感じるような家でもないだろう。

「レリア、そろそろ行かない？　話はここじゃなくてもできるでしょ？」

多少兄と話が弾《はず》んでいるレリアレッドに声を掛《か》けると、……なんか不機嫌《ふきげん》そうな顔で見られた。

「あ、ニア。来たの？　ふーん？　ようこそ？」

声から言葉から顔から態度から雰囲気《ふんいき》から、全てにおいて歓迎の意が感じられないが。邪魔するなという意思だけが伝わってくるが。

「お兄様、あとでレリアの秘密をたくさん教えてあげるわね。彼女《かのじょ》こう見えて」

「――ごめんニアほんとごめん。ごめん。ごめん。ちょっと舞《ま》い上がってただけなのごめん。今日は夜通しおしゃべりしようねっ」

うむ。わかればよろしい。

子供はこれくらい調子がいい方が、わかりやすくて安心というものだ。

「よく来てくれたね」

港での邂逅《かいこう》に意外と時間を取り、すっかり暗くなった頃《ころ》にシルヴァー邸に到着した。

リストン邸に負けないくらい大きな建物で、庭もしっかり手が入っている。今は暗いので見通しが悪いが、陽の下で見たら美しい光景が広がっていることだろう。

玄関《げんかん》に入ったところで、品の良い初老の男性が待ち構えていた。

老紳士《ろうしんし》というべきか中年紳士《しんし》と呼ぶべきか微妙《びみょう》な年齢《ねんれい》の紳士、第五階級貴人にしてここシルヴァー領を治める男、ヴィクソン・シルヴァーである。

この領の放送局が開局されて以来なので、私と兄は約一年ぶりの再会である。

屋敷に来るのは初めてだ。前に会った場所は新設された放送局だったからな。

「お久しぶりです、シルヴァー卿《きょう》。この度は未熟な子供だけの訪問をお許しくださりありがとうございます」

兄が一緒に来たので、リストン家を代表して挨拶するのは彼の仕事だ。何せ跡取《あとと》りであるからして。

子供ながらに堂々とした挨拶である。立派なものだ。

「久しぶりだね、ニール君。自分の家どころか、バカンスに来たつもりでくつろいでくれたまえ」

おお、バカンス。つい先日まで仕事に追われていた私には心地よい言葉だ。

……まあ、私は仕事があるけど。兄はバカンス気分で遊んでいればいいだろう。子供は遊ぶのも仕事だからな。

「お招きありがとうございます。これからしばしお世話になります、ヴィクソン様」

流れで私も挨拶しておく。兄が代表ではあるが、しないわけにはいかない。

「待っていたよ、ニアちゃん。話したいことがたくさんあるんだ」

仕事の話だな？

「私もです」

本音を言えばバカンスの話をしたいが。……わかってるよ、仕事の話だろ。するよ。私のバカンスは最後の五日まで我慢《がまん》するよ。

「――あ、ニアちゃん。ニール君」

奥《おく》の方から長女ラフィネがやってきた。彼女とは学院の入学式前の撮影で会って以来だったかな。

「出迎《でむか》えに遅《おく》れてごめんなさい。仕事があってついさっき帰ってきたばかりなの」

「お気になさらず。私たちのことよりご自分の用事を優先してください」

さすが兄、こんな時の返答もしっかりしている。

ほら、すでにシルヴァー家の使用人たちとレリアレッドの目が、兄を捉《とら》えて離《はな》さないではないか。

これでシルヴァー家勢揃《せいぞろ》いだ。奥方《おくがた》はもう亡《な》くなっているそうなので、これで全員だ。

一家揃って玄関先《げんかんさき》で出迎えているのだから、歓迎はしてくれているようだ。

「……失礼ですが、リクルビタァ殿《どの》は今回も都合が悪いのでしょうか？」

ん？

兄が口にしたリクルビタァなる名前は……あ、そうだ。次女だ。

長女ラフィネ、三女リリミ、そして末の四女がレリアレッドである。

そうだ、次女だ。次女がいないじゃないか。

開局式典で会えなかった次女は、そこで名前だけは聞いたものの、それ以来名を聞くことがなかった。今まですっかり忘れていた。

――少しシルヴァー家の家族のおさらいをしてみるか。

確か、ヴィクソン・シルヴァーの奥方は十年ほど前に亡くなっていて、レリアレッドだけ親戚《しんせき》の子を養子に貰ったから、上の三人と歳が離れているんだよな。

養子については、貴人界隈《かいわい》では珍《めずら》しくもないので、レリアレッド本人も姉たちも大して気にしていないそうだ。

というか実はヴィクソンの隠し子なんじゃないか、腹違《はらちが》いの姉妹《しまい》で間違《まちが》いないのではないか、という噂《うわさ》もあるとかないとか。それくらい姉妹が似ていて違和感《いわかん》がないとか。

――と、リノキスから教えられた。

ちなみにリノキスはレリアレッドの専属侍女に教えてもらったらしい。私の知らない間に交友関係ができていたようだ。

「リクルか……」

ヴィクソン、ラフィネ、リリミは、なんだか渋《しぶ》い顔をする。レリアレッドは兄に見惚《みと》れていて聞いていていない。

この反応は、何やら事情がありそうだな。

会えない状態にあるのか、それとも当人が会いたくないと思っているのか。

どちらにせよ、これからしばらく厄介《やっかい》になるので焦ることはないし、もっと言うと無理に会う理由もないだろう。会えない事情があるならそれはそれでいい。

「そろそろ夕食時ですね。私、少しお腹《なか》が空《す》きました」

微妙な空気を払拭《ふっしょく》するべく、私は子供の身を利用して無邪気《むじゃき》に空腹を訴《うった》えてみた。

ちなみに本当に腹は減っている。しっかり減っている。シルヴァー領特産の豚肉《ぶたにく》のために空かせてきた。開局式典で食べた豚肉ステーキの味は忘れていない。あれはうまかった。

出るよな？　出すよな？　期待しているぞヴィクソン。

「ああ、うん、そうだね。夕食の準備はできている。部屋で着替《きが》えたら食堂に来なさい」

――この日の夕食は、睨《にら》んだ通り特産の豚肉のコースだった。

来てよかった。

このささやかな楽しみを、本当に心待ちにしていた。うまかった。特に冷製サラダと一緒に出た薄《うす》切りだ。ソースが絡《から》んで絶品だった。

同席するシルヴァー家との会話は兄に任せ、私はひたすら豚肉を堪能《たんのう》した。牛もいいし魚も好きだが、豚《ぶた》も豚でいいな。

「どうだろう、ニアちゃん」

と、食後の紅茶を楽しんでいる私に、ヴィクソンは言う。

「私が送ったリストは見てくれたかな？　こちらとしてはたくさん番組に出てほしいんだがね」

食事中は控えていたようだが、終わったらすぐ仕事の話をし始めたな。

はいはい。

やりますよ。

先日まで三十七本撮《ど》りをこなしたけど、まだまだお仕事がんばりますよ。兄はともかく、私は遊びに来たわけではないからな。はいはい予定通り予定通り。

……やればいいんだろうが！　限界まで！　ああやってやるとも！


空の旅を経てやってきたシルヴァー領にて、再び仕事中心の生活が始まった。

まあ、シルヴァー領にはベンデリオ並みのくどい顔の辣腕《らつわん》放送局員はいないようなので、さすがに余裕《よゆう》のあるスケジュールとなっているが。

一日二本撮りか、もしくは三本撮りか……優《やさ》しいな。

少し前までは——具体的にはこの夏の帰省前までは、一日二本撮りでも多いと思っていたが。

今ではぬるいとさえ思えてしまう。

何せ朝早く出て夕方には戻れるのだから、こんなに早く引き上げていいのかと却って不安になるくらいだ。まだ撮影《さつえい》できる時間的余裕があるのに、と。

……冷静になって振り返れば、確実に、心身共にブラックなスケジュールに慣らされた弊害《へいがい》だと思う。ベンデリオは許さない。許す理由が見つからない。

しかし、まあ、アレだ。

「傾向《けいこう》が違うというか、毛色が違うって言うのかしら。こっちの撮影も面白いわね」

――シルヴァー領での日常が始まり、早四日が過ぎ。

今日は、こっちでは初となる泊まり仕事である。現役冒険家《げんえきぼうけんか》の指揮の下、野宿をしようという企画になっている。

そして現在は、木陰《こかげ》に椅子《いす》を置いて待機中である。

隣《となり》には同じ体勢のレリアレッドがいる。

打ち合わせが終わり、今は到着の遅れているゲスト待ちだ。

周囲は撮影の準備をしているが、私たちの仕事は撮影が始まってからである。

撮影前に汗《あせ》を掻いたり疲れていたりするとよくないからな。たとえ周りが慌《あわ》ただしくても、私たちは動かないことこそ仕事である。

「へえ？　リストン領《そっち》とは結構違うんだ？」

「違うわね。全然」

リストン領では「職業訪問」を軸《じく》に、社会人と職種に接する仕事が多いのだが。

ここシルヴァー領では、冒険家《ぼうけんか》に拘わる仕事が多い。

ダンジョンや探索《たんさく》で使う道具の使い方を学んだり、有名な冒険家の功績を調べて発表したり、偉人《いじん》にまつわる場所に観光がてら行って紹介《しょうかい》してみたり。

子供のレリアレッドが出演する番組だけに危険がないものばかりだが、内容的には興味深いものが多い。

「お父様、こういう方面が好きなのよ。若い頃は冒険家になりたかったらしいし」

なるほど。

なりたかったが、シルヴァー家の跡取りだから諦《あきら》めたわけか。だから未練というか、違う形で関わりたいのかもしれないな。

「というかまだ観る番組制限されてるの？」

「されてるわね」

「じゃあ今も私の『キャンプ』見たことない？」

「ないわね」

リノキスは観ているようだが。私が学校に行っている間とか宿題している時に。

「薄情《はくじょう》ね。観なさいよ」

「許されるものなら私も観たいわよ」

どちらかというと、こっちの方が私好みだ。番組だって観たいさ。レリアレッドのことは孫くらいに思っているのだから。

リストン領では「ニア・リストンの職業訪問」が私の代表番組となっているが。

こちらシルヴァー領では、「レリアレッドの一日キャンプ」という企画が、彼女の代表番組となっているそうだ。

いろんな冒険家をゲストに招き、その人の話を聞きながら得意なキャンプ飯を一緒に作ったり食べたりする、という番組だ。

なお、キャンプという形態的に一日一本しか撮れない――と見せかけて、少し離れた場所に違うゲストを迎《むか》えて行き来しつつ同時に二本分の撮影を行ったり、実際は泊まらず解散したりと、こっちはこっちで時間を節約するフォーマットができているとか。わかる。やるよな、同時進行の二本撮り。私はこの夏、秒刻みのスケジュールで一日五本撮りをやった。撮影場所を行ったり来たりして同時進行もしつつ。死ぬかと思った。

「私はニアの番組、かなり観てるのに」

すまない。私も観たいんだが、どうにもならないくらいリノキスの監視《かんし》がきついんだ。

いい加減、真剣《しんけん》に規制解除を訴えた方がいい気がするが……でもこの身は六歳で、親の規制があって当たり前という年齢なんだよな。難しいところだ。

「――カルトリヒさん入りました！」

お、来たか。

私とレリアレッドは椅子から立ち上がり、やってきたゲストへと向かう。

「初めまして、カルトリヒさん」

「今回レリアレッドと一緒《いっしょ》にやらせてもらうニアです。よろしくお願いします」

いかにも冒険家という風体《ふうてい》の鍛えた巨躯《きょく》の男を迎え、撮影はスタートした。


無口なカルトリヒからぽつぽつ話を聞く、というかなり地味な撮影となったが、これはこれで番組としてはありらしい。

陽気な冒険家もいれば、浮《う》かれた雰囲気のない陰《かげ》のある冒険家もいる。

綺麗事《きれいごと》だけの世界じゃないだけに、いろんな冒険家のありのままの姿を映すのが、シルヴァー領の放送局のやり方なんだそうだ。

リストン領《ち》ならテコ入《う》れがあるだろうな。地味すぎるとベンデリオが気にするから。

「——すまん。俺《おれ》の相手など退屈《たいくつ》だろう」

キャンプ飯を作り、実食の撮影も終わった。今日の撮影はここまでである。

焚火《たきび》を挟《はさ》んで私たちの対面にいるカルトリヒは、カメラが下げられたことでようやく肩《かた》の力が抜《ぬ》けたようだ。

顔には出ていなかったが、実は緊張《きんちょう》していたらしい。

「大丈夫ですよ。面白さを求める番組ではありませんから」

仕事モードのレリアレッドが模範《もはん》回答を返す。

「私はもっとカルトリヒさんの活躍《かつやく》ぶりを聞きたかったわ。せっかくの機会なのだし」

「ニア」

レリアレッドがたしなめるように名を呼ぶが、まあ待て。

「シルヴァー領のやり方にケチをつけるつもりはないけれど、遠慮《えんりょ》しすぎもよくないと思うわよ。話を受けて来てくれた以上、カルトリヒさんも話すつもりはあるはずなんだし」

むしろうまく聞き出してこそだろう。……こういう静かでのんびりしたキャンプも決して嫌いではないが。というか今世では初めてだが。こういう雰囲気で無駄《むだ》なおしゃべりなんて無粋《ぶすい》だとも思うが。

しかし、仕事で来ているのだから、やることはやっておかないと。お互《たが》いにな。

「でも……」

レリアレッドがちらりとカルトリヒを見る。

彼女の内心も、私と同意見のようだ。ということは、ここは私がグイグイ行くべきなんだな？

「カルトリヒさんはどうですか？　もっとお話する気はありますか？」

「ああ、そうだな。話すという前提で呼ばれたのだし、ギャラも貰ったし、話したい気持ちはあるんだが……すまんが俺は口下手で、何を話していいかもわからんのだ」

お、話が進んだ。

「しかも、俺も魔法映像《マジックビジョン》とやらを観たことはあるが、人に語れるような話題もないし、楽しい話も持ち合わせていない。正直なぜ出演の話が来たのかわからんくらいだ。

それでも、ぜひにと言われて来てはみたが、やはり場違《ばちが》いな気がしてならん……」

それだよ。

それでいいんだ。

それをカメラの前で出せばよかったんだ。それが話題だ。話題のきっかけだ。話は繋《つな》がるものなんだ。

「じゃあ、色々お聞きしてもいいんですか？　ご迷惑《めいわく》では？」

少し声のトーンが明るくなったレリアレッドに、カルトリヒは大きく頷《うなず》いた。

そして私はその横で、私たちのやりとりを見守っていた現場監督《かんとく》に、指を回して見せた。

――カメラを回せ、と。

リストン領の撮影班《さつえいはん》ならわかるハンドサインだが……よかった、通じたようだ。という
か考えることは彼らも同じだったのだろう。

映像が使えるかどうかは、こっそり撮影していたことを明かした後のカルトリヒの返答
次第《しだい》だが、ここで撮らない手はない。

話す気があるなら、少々突っ込《こ》んだ話題を振っても大丈夫だろう。

「初めてダンジョンに挑《いど》んだ時のことを教えてもらえますか？」

「うん。あれは……俺が十四歳になった時だったな。

がさつそうだとよく言われるが、実際は慎重《しんちょう》な性質なんだ。冒険家のイロハをきちんと
学んでから動こうと思った俺は、初心者用の――」

時折はぜる薪《まき》の音と、闇夜《やみよ》を払《はら》い揺《ゆ》れる火の明かり。

心に沁《し》みるような優しい時間の中、男の低い声は遅《おそ》くまで止《や》むことはなかった。

「――というわけで、楽しかったわ」

一日キャンプを経て、翌朝にはシルヴァー家の屋敷《やしき》に戻《もど》ってきた。

「そうか。私も同行できればよかったのだが」

朝食を済ませ、兄に帰ってきた旨《むね》を報告する。兄は一応ここでの私の責任者であるから。

ちなみに、最近の兄はずっと三女リリミと訓練をしている。

「お兄様も来ればよかったのに」

「私がいると気が散るだろう」

明らかに言い訳だな。

この夏、現場に行ったら終わりだということを学んだ兄は、全力で同行を拒否《きょひ》しているのだ。

今後、どう言葉巧《たく》みに誘導《ゆうどう》して兄を魔法映像《マジックビジョン》に出していくか……考えねばなるまい。

が、実際にレリアレッドの気が散るので、完全に言い訳とも言えないのだが。

そんなこんなで、シルヴァー家の厄介になって一週間が過ぎた。

できるだけ、と詰《つ》め込んだこちらでの撮影スケジュールが落ち着いてきて、ようやく午前中は休みが取れるようになった。

なので、今日はリリミと兄ニールに交じって、庭先で朝の修行に付き合うことにした。

「う、うそでしょ……」

「もう終わりでよろしいですか？」

「も、もちろん続ける！」

シルヴァー家の三女リリミと私の侍女リノキスは、まだ立ち合い稽古《げいこ》を続けるようだ。

うーん。

決して悪くはないんだが、やはりリリミはまだまだかな。

涼しげな顔で相手をしているリノキスの実力に、リリミはかなり驚《おどろ》いている。きっと、自分が知る師範代《しはんだい》代理より強いとわかったからだろう。

リリミは天破流の門下生で、今は学院の天破流師範代代理ガンドルフの下で腕《うで》を磨《みが》いている。

――でも、立場だけで言ってしまえばガンドルフは私の弟子《でし》に近い存在だ。何せ本人が師と呼びたいと言ったくらいだし。

そして、もっと言うと彼はリノキスに次ぐ二番弟子になる。

二番目の弟子より一番目の弟子の方が強いというのは、特に珍しいことでもない。

そういえば、レリアレッドに付いている背の高い専属侍女エスエラは、恐らく「氣」を習得していると思うのだが。あるいはそれに近い位置にいるはずだ。だからガンドルフよりは彼女の方が強いと思う。

まあ、強さをひけらかさない限り、誰《だれ》も知りようがないことか。

ちなみにレリアレッドも武の道を行っているが、まだまだ初心者である。

しかも今は兄ニールがいる。兄の傍《そば》では浮かれて訓練にならないということで、今は違《ちが》う場所で専属侍女に鍛えられている。

他家の事情はさておき。

恐怖《きょうふ》の三十七本撮りの後遺症《こういしょう》と、慣れない地での仕事とあって、最近は己《おのれ》の修行はおろかリノキスの面倒《めんどう》もあまり見てやれなかった。

そろそろしっかり鍛えてやりたいところである。

——夏休みはだいたい一ヵ月半、四十日前後。

新学期の前日までに寮《りょう》に戻る必要がある。だが私は撮影の兼《か》ね合いもあるので、予定は大雑把《おおざっぱ》にしか決まっていない。

恐らく、最大二、三日は前後するだろうと思われる。

しかも夏休み最後の五日はヒルデトーラの計らいで、王族のプライベート島で過ごすことになっている。

だが、実は彼女も、撮影の影響《えいきょう》できちんとした日程は決まっていなかった。

五日の休みを取り、島に行くのは決定しているそうだが、正確な日程はまだ決まっていない、と言っていた。最悪五日も休みは取れないかも、とも言っていた。

私は、あと数日ほどシルヴァー家の厄介になり、それから王都へ行く予定だ。

今度はヒルデトーラの付き合いで、王都放送局の撮影が始まる。

そして最後の五日の休日は、王都の仕事上がりから浮島《うきしま》へバカンス、という流れになっている。

……というか、これから王都でも仕事か。

自分で言うのもなんだが、私は働きすぎじゃなかろうか。

「――ん？」

いくら魔法映像《マジックビジョン》を売り出すべき大事な時期だとしても、それでもさすがにこの量は……と考えている時、視線を感じて振り返る。

「……」

サッと植《う》え込みの裏に隠《かく》れる女がいた。

隠れる動作が遅すぎるせいでばっちり見えた上に、植え込みの端《はし》からドレスの裾《すそ》がむきだしなんだが。あれは……隠れているつもりなのか？　それともばれるのを前提でやっているのか？　こちらから声を掛けるのを待っているのか？

時々見かける彼女はなんなんだろう。

いや、なんとなく答えはわかる気はするが。

この家でドレスを着ていて見覚えのない女となれば、シルヴァー家の家族の関係者、で間違いないだろう。さすがに使用人ではあるまい。

しかし、だとしても。

こちらがどう動けば正解なのかがわからないので、なかなか動けない。

子供だけで厄介になっている以上、何か無礼があっては尻拭《しりぬぐ》いをしてくれる大人がいない。兄に負わせるわけにもいかないし。

たとえヴィクソン・シルヴァーがこの程度では怒《おこ》らない人であるとわかっていても、それとこれとは話が別である。揉め事《ごと》を起こしていいわけがない。

リストン家の者として、こういう時はどう動くのが正解なのか。

このまま待てばいいのか、それとも――

「ひぃ、ひぃ」

呼吸が荒《あら》い。足が震《ふる》える。腰《こし》なんて最初から引けっぱなしだ。

「む、むりぃ……これいじょうはぁ……」

シルヴァー家次女リクルビタァは、彼女なりに頑張《がんば》っていた。

穢《けが》れた外道《げどう》のくそったれの貧乳《ひんにゅう》のでもそこが密《ひそ》かにチャームポイントだと思っているような下劣《げれつ》で卑屈《ひくつ》で臭《くさ》そうでいやらしい人間で最近は外にも出ていなかった太陽を憎《にく》む女だが、彼女なりに頑張っていた。

大ファンであるリストン家の子供、ニアとニールが来た。

片方だけでも嬉《うれ》しいのに、二人揃って来るという、何に譬《たと》えたらいいのかわからないレベルの幸運が訪《おとず》れていた。

間違いなくここ数年で一番の大事件である。

こんなに動悸《どうき》や脈動《みゃくどう》が激しくなり汗の量や手のひらの湿《しめ》り気《け》が異常なことになっているのは、小学部で慣れない運動をしてぶっ倒《たお》れた時以来である。

——彼女らが来た日から、リクルビタァは頑張ってはいたのだ。

失礼がないよう長女がデザインしたトレンディな正装用ドレスを着て。

侍女《じじょ》に頼《たの》んで年相応のメイクをしてもらって。

もっさりした赤毛もセットして。

もちろん服を着る前に風呂《ふろ》にも入って。

かなり頑張って、頑張って頑張って、己《おの》が身体が秘《ひ》めたる潜在《せんざい》能力以上の清潔感を無理やり引き出して。

そんな格好を、一週間ずっと作り上げている。

――最後の一歩が出ないのだ。

初日は、朝から準備してそわそわしながら半日以上待って、いざニアたちが到着《とうちゃく》したと聞いた頃には疲《つか》れ切って行動できなくなった。

二日目は、朝食に同席しようとして、謎《なぞ》の腹痛に襲《おそ》われて寝込《ねこ》んだ。

三日目は……まあ以降も色々あって。

なんだかんだでもう一週間である。

この一週間、ニアとニールに挨拶《あいさつ》をする機会を窺《うかが》いつつ近くには来たものの、最後の一歩が出てくれない。

小さい頃から絵が好きで、人付き合いが下手で、慣れている家族と近しい侍女くらいしかちゃんと話せない。

そんな性格から、人付き合いから逃《に》げるように絵に没頭《ぼっとう》し、今に至る。

学院の中学部を卒業してからは、家にこもって絵ばかり描《えが》いてきた。今の生活はそれなりに幸せで、でも少しだけ退屈だった。

およそ二年前、そんな日常にやってきた変化が、魔法映像《マジックビジョン》である。

家に居ながら遠くを観ることができる、観劇ができる、有名人の話を聞くことができる。

ひきこもりのリクルビタァは、強く魔法映像《マジックビジョン》に惹かれ――そして出会う。

病床《びょうしょう》から復帰したというニア・リストンと。

ヒルデトーラも好きだったが、初めて魔法映像《マジックビジョン》に映ったニアの弱々しさから、心配すぎて目が離せなくなっていた。

それが始まりで、いつしか元気なニアの姿を観るのが、日々の楽しみになっていた。

そんなこんなでファンである。

同性なのでさすがになんだかんだ異性間でやるようなあんなことやこんなことをしたいとは思わないが、しかしヌードは描きたいと思っている。そんな下心はちゃんとある。しっかりある。それゆえに裸《はだか》を妄想《もうそう》したりもするし、それはそれで興奮する。幼女の裸を見たい。そんな芸術肌《はだ》の女である。

第五階級シルヴァー家の一員として、挨拶くらいはしなければならない。しかも相手は第四階級リストン家だ、しないで済むわけがない。それくらいはリクルビタァもわかっているのだ。

だから努力はしている。

シルヴァー家の者も、次女はこれで頑張っていると理解している。わかっているから、強く背中を押《お》すことができないでいる。

それくらい内気で気弱なのだ。

――でも正直、本人はちょっと、もう生ニアと生ニールを結構近くで見られただけで、割と満足していたりする。

覚悟《かくご》を決めたのに最後の一歩が出ないのも、すでに満足感があるからなのかもしれない。

「……今日も、頑張った」

これ以上は無理だ、動悸がヤバイ、心臓が破裂《はれつ》する、脇汗《わきあせ》が心配すぎる。すでに手のひらはびっちょびちょだ。

もう穢れなき子供たちの前に出られる肉体ではなくなってしまった。この身は穢れてしまった。

なけなしの清潔感がなくなった。そう判断し、部屋に引き上げることにした。

――父や姉が言うように、シルヴァー家の者として挨拶くらいはしておきたい、という気持ちはちゃんとあるのだが。

でも、重度のひきこもりには、なかなか難しかった。

「――こんにちは」

…………。

引き返そうとした視線の先に、さっきまで熱心に見詰《みつ》めていた白い髪《かみ》の幼女がいた。

透《す》き通った青い瞳《ひとみ》が、穢れた女をじっと見ている。

さっきまで視線の先にいたのに。

なぜ今ここにいるのか。

そんなあたりまえの疑問が浮かぶ前に、リクルビタァの口から出たのは。

「ヒッ」

「ひ？」

「ヒィィイイィイィイイイ‼」

引きつった悲鳴が、シルヴァー領の空へと響《ひび》くのだった。

見事な悲鳴だった。

それはもう、何枚もの絹をこれでもかと引き裂《さ》こうという、強い感情のこもった乙女《おとめ》の悲鳴だった。

白目を剥《む》いて天に吠《ほ》える表情は、なかなか鬼気《きき》迫《せま》るものがある。

近くにいた兄とリリミとリノキス、違う場所で汗を流していたレリアレッドと彼女の侍女、そしてシルヴァー家の使用人たちが集まってきた。

兄とリノキス以外が、うずくまって頭を抱《かか》えてガタガタ震えている赤毛の女を見て、かなり気まずそうな顔をする。

あの顔は、あれだ。

シルヴァー家に到着してすぐ、兄が次女リクルビタァの名前を出した時のヴィクソン・シルヴァーとそっくりである。レリアレッドとリリミの表情もあの時の再現である。

幸か不幸か、父親と長女は仕事で出ていて不在だが。

……うむ、判断を誤ったかな。

挨拶をするべきではなかったか。

あるいは悲鳴を上げさせる前に、手刀で落とせばよかったか。

でも、さすがに正体がはっきりしない相手に、それも女に手を上げるのは憚《はばか》られたのだ。

状況《じょうきょう》を察したがゆえに何も言えなくなったのであろう使用人たち。

こちらに尻《しり》を向けてガタガタ震えている悲鳴の女。

そして、事情を知らない部外者ゆえに何も言えない私。

誰もがどうしようもなく、なかなか動けない雰囲気に呑《の》まれていた中――

「――解散！　何もなかったんだから解散よ！」

勇猛果敢《ゆうもうかかん》なリリミが号令を出した。

「ニアちゃんもニール君も、何も見てないわよね？」

私たちとしては頷くしかない。

実際、かなり内気なタイプなのだろうと思い、私から声を掛《か》けてみただけの話だ。

たった一言、声を掛けただけでこんな大事になってしまったが、決して揉《も》め事を起こす気はない。この状況も本意ではない。

「こうなった以上、ちゃんと挨拶させるから。少し時間をちょうだい」

――まあ、客に挨拶されたとたん悲鳴を上げて拒絶《きょぜつ》するようなことがあれば、貴人的には汚点《おてん》でしかない、ということくらいは私にもわかる。

だからリリミは使用人たちに「何もなかった」と言ったし、私たちに「何も見てないだろ？」と確認《かくにん》したのだ。

仕切り直すからなかったことにしてくれ、と。

「ニア、ちょっと早いけどもう上がろう。お風呂行こうよ」

レリアレッドが強引《ごういん》に私の手を引く。「まだ上がるのは早いだろ修行《しゅぎょう》始めたばかりだぞ、ちょっと腑《ふ》抜《ぬ》けたリノキスもちゃんと見てやりたいのに」……とは思ったが、さすがにここは従った方がよさそうだ。

「では私も上がるかな」

兄も切り上げることにしたようだ。やはりその方がいいのだろう。レリアレッドが「え、一緒に……？」と熱い声と吐息《といき》を漏《も》らしたが、こいつ混浴を連想したな。

兄は行かないぞ。

この夏、行ったら終わりだと教えたからな。


というわけで、だ。

「――初めまして、リクルビタァ殿。ニール・リストンです」

「――初めまして、リクルビタァ様。ニア・リストンです」

二人揃ってリストン家の兄妹《きょうだい》である。妹の中身はちょっと違うが。

風呂に入って、庭先に出したテーブルに着いてお茶していると、応接間らしき部屋に呼ばれて――仕切り直しである。

ガチガチに緊張している赤毛の女と、今度こそ、改めて挨拶をした。

「リリ、リ、リリリ、リクル、です、先程《さきほど》はすません……」

ちょこんと椅子に座《すわ》る彼女《かのじょ》は、緊張感に満ちている。口調もガチガチだ。

かなり目が泳いでいるし、そわそわしっぱなしで挙動不審《きょどうふしん》ではあるが……うん、小柄《こがら》で可愛《かわい》らしいお嬢《じょう》さんである。ワンピースのようなシンプルなドレスがよく似合っている。

シルヴァー家の次女。

多少の濃淡《のうたん》はあるが、全員が赤毛で灰色の瞳をしている。姉妹と聞いてすぐに納得《なっとく》できる。あ、レリアレッドは血縁《けつえん》からの養子だったかな。でもそっくりだ。

年齢《ねんれい》は彼女の横に付き添《そ》うように立っているリリミより上になるはずだが、小柄な上に幼い顔立ちのせいで、同い年か年下にさえ見える。

彼女がリクルビタァ、か。……なんというか、極度の上がり症《しょう》なのだろう。

「挨拶が遅れてごめんなさい。この通り、ちょっと……かなりの人見知りで、知らない人とは話したがらないのよ」

見た目通りのことをリリミが説明してくれる。

「知らない人とはってことは、家族は平気なのですか？」

私が問うと、リリミは頷く。

「ええ、まあ……むしろ家族以外とまともに話せないっていうか、ね……」

ふうん。

じゃあ、アレか。

「リクルビタァ様は、私の初舞台《はつぶたい》を観に来てくれたのでしょう？　『恋《こい》した女』」

学院に入学してすぐ、そんな話をレリアレッドから聞いた気がする。

確か父親と一緒に次女が観劇に行った、とかなんとか。「私は行かなかったけどね！」とかなんとか。

次女のことを聞いたのは、それっきりだったはずだ。あ、開局式典の時も聞いたか。それくらいのはずだ。

家族なら平気だと言うなら、観劇したのも本当なのだろう。

一応私もリストン家の一員だ、最低限の貴人らしさくらいは身に付けている。……はずだ。たぶん。

「来てくださってありがとうございます。楽しんでいただけました？」

何に魅力《みりょく》を感じたのか知らないが、彼女はあの芝居を観に来てくれたらしい。

この様子だと、王都に行くだけでも大した負担だっただろうに。

「う、う、うん……」

かなり不器用だが、リクルビタァは幼い顔をもっと幼くしてはにかんだ。

「は、初めて見る生ニアちゃんが、うへへ、よかった……！」

…………。

「今日はこれくらいにしときましょうね！」

なんかリクルビタァから邪《よこしま》かつふしだらで下心を感じさせる熱烈《ねつれつ》な視線を向けられた気がするが、それは私たちの視線上に躍《おど》り出たリリミに遮《さえぎ》られた。見間違《みまちが》いだと思いたい。

……誤解も誤魔化《ごまか》しも利《き》かないほど目が合っていたけど。

まあ、なんだ。

リクルビタァがどういう娘《むすめ》なのかはよくわからないが、シルヴァー家の皆《みな》が渋《しぶ》い顔をする理由は、しっかりわかった気がする。

「――もう顔を合わせていると聞いたが、改めて。二番目の娘のリクルビタァだ」

午前中、次女リクルビタァとの騒動《そうどう》でなんだか全体的にぐちゃぐちゃっとしてしまったが。

彼女とは、夕食の席で再び会えた。

午後の撮影を終えて帰ってきて、同じテーブルに着くヴィクソン・シルヴァーから、きちんと紹介された形だ。

「ど、どうも、今朝は……ぐふ……」

リクルビタァはようやく、正式な場に出てきて挨拶をしたことになる。

痛々しいほどに愛想笑《あいそわら》いが引きつっているが。

「――改めまして。ニール・リストンです」

「――ニア・リストンです。よろしくお願いします」

十にも届かない齢《よわい》の割にはスマートに兄が挨拶した。続いて私も挨拶しておく。

「紹介が遅《おく》れてすまないね。見ての通り、人見知りが激しくてね……。

無理に引き合わせても、お互い気分が悪くなるだけだろう？　だから自発的にさせようと思っていたんだが……」

「――ならば予定通りですね。リクルビタァ殿《どの》は自発的に私たちに会いに来ましたよ」

さすが兄、「その辺のことはもういいです」と言わんばかりのフォローである。

実際、リクルビタァが私たちに会いに来たのは本当だ。嘘《うそ》じゃない。会うことこそなかったが、彼女の存在は屋敷に来てから何度も認識《にんしき》している。見え隠れしていたから。

そして今日のアレも、大したことじゃない。

ちょっと若干《じゃっかん》びっくりさせてしまった的な、軽めの、そう軽めの、軽すぎて羽毛《うもう》のようでもはや重さなど存在しないんじゃないかというくらいの軽いハプニングがあったりなかったりしただけなので、特に問題はないだろう。もはや何もなかったくらいのものだ。

それより。

これでシルヴァー家の全員が、この場に集まったことになる。

当主たるヴィクソン・シルヴァー。

長女ラフィネ。

次女リクルビタァ。

三女リリミ。

そして一番馴染《なじ》み深《ぶか》い、末娘《すえむすめ》のレリアレッド。

あと数日で王都へ向かうというこのタイミングで会えたのは、運が良かったのか悪かったのか。

まあ、今後の付き合いを考えれば、顔を合わせておいて損はないはずだ。

これから先もシルヴァー家にやってくることはあるだろうし、この屋敷に泊《と》まることだってあると思う。

だが、果たして、親睦《しんぼく》を深める必要はあるだろうか。

人見知りが激しいのはよくわかったし、今もかなり無理して愛想笑いを私に向けているような状態の次女である。

いったいどう距離《きょり》を取ればいいのやら。それともいっそ離《はな》れていた方がいいのか。

「――そうだ。リクルは絵が得意でね、いつも部屋にこもって描いているんだ。ぜひ見てやってくれないかね？」

と、こんな風に誘《さそ》われた場合だ。

こっちが歩み寄らないと、変化は起こらない気はするが……向こうは距離の変化を望むのだろうか。それとも遠慮するべきか。

「――ぐふっ？　お、お父様、そんなの恥《は》ずかしい……」

でももじもじしているリクルビタァのあの感じは、恥ずかしいけど見てほしいと。そう思っているに違いない。それはなんかわかる。言葉や態度ほど拒否していないのはわかる。

だが、問題はこっちだ。

私は遠慮するべきなのか、それとも流れに乗るべきなのか。

今朝叫《さけ》ばれた身とすれば、気を遣《つか》うなという方が無理な話――

「――ええ、もちろん。ご迷惑でなければぜひ見てみたいです」

あ、迷う余地がなかった。

兄が貴人然としたスマートな返答をしたので、私が悩《なや》む理由はなくなってしまった。こうなってしまえば行かざるを得ない。

まあいいか。

リクルビタァは拒否していないみたいだしな。自《おの》ずと距離感も見えてくるだろう。

――結論から言うと、この誘いが新たな企画《きかく》の可能性となる。

夕食が終わると、私と兄とリクルビタァと。

恐《おそ》らくはあらゆる意味で心配で心配で堪《たま》らないのであろう姉妹《しまい》たちと使用人数名付きという大人数で、リクルビタァの部屋を訪ねた。

まず、塗料《とりょう》の匂《にお》いが鼻を突《つ》く。

薄暗《うすぐら》い部屋に、乱雑に置かれたキャンバスやイーゼルが、取り留めもなく散乱していた。

灯《あか》りを点《つ》けると……なるほど、テーブルと椅子《いす》と画材くらいしかない。ここは私室じゃなくて絵を描くためだけの部屋のようだ。アトリエとでも言うべきか。

「なるほど、すごいな……」

私はよくわからないが、美的センスに優《すぐ》れていそうな兄の目には、目移りする絵がたくさんあるようだ。

私は……やっぱりよくわからないな。

風景画や人物画はわかるが、抽象画《ちゅうしょうが》はまったくだ。

特に、モデルからイメージだけを抽出《ちゅうしゅつ》して違うモチーフにして描いたというものは、まるで意味がわからない。

まあ、何かしら感じるものはあるような気もしないでもないが……これはタツノオトシゴかな？　違う？　杖《つえ》を突く老人？　……え、杖を突く老人⁉　これが⁉　タツノオトシゴじゃなくて⁉　どこが老人でどこがタツノオトシゴ⁉　あ、タツノオトシゴではないのか……やはり私にはわからない。タツノオトシゴにしか見えない難解な絵だ。

「私もよくわからないのよね。技術が高いのだけはわかるんだけど」

レリアレッドも私と同じ意見のようだ。だよな、これはどう見てもタツノオトシゴだよな？　違う？　……クロワッサン？　え、これがクロワッサン⁉　どこがどうクロワッサン⁉　このタツノオトシゴの頭辺りの筋がクロワッサン風に見える⁉　これはタツノオトシゴだろ！　……あ、違うか。杖を突く老人だったな。……そうか、まあ、そうだな、つまりタツノオトシゴに似た老人ということだな。もしかしたら老いたタツノオトシゴの老人かもしれないし。

「これはまた……」

「いいわね。また何枚か貰《もら》おうかしら」

兄と長女ラフィネは、使用人が見やすいように並べた絵を、一枚一枚見ては溜息《ためいき》を漏らしている。

これが感性の差というやつか。……あれ牛だよな？　え？　違う？　知ってた。牛に見えるけど牛じゃない何かだって知ってた。牛型の何かだろ、わかってる。それくらいのセンスは私にもある。

「あの、ニアちゃん、これ」

レリアレッドと、ついでに三女リリミも一緒《いっしょ》になって首を傾《かし》げていると、リクルビタァはキャンバスではなくスケッチ用の紙束を持ってきた。

「……ああ、これはさすがにわかります」

私だ。

木炭で幾重《いくえ》にも線を引いて浮《う》かび上がったモノトーンの絵は、私の顔である。

まるで魔法映像《マジックビジョン》に映った映像を、そのまま切り取ったかのように精緻《せいち》で、しかしどこか温かみを感じる、生きた絵だ。

「レリアも、あるよ」

「あ……すごい」

紙の束は全て、人のスケッチだった。

私や兄もあるが、ほとんどはシルヴァー家の家族や使用人がモデルとなっているようだ。

あ、ベンデリオの絵もある。くどいところまで忠実に描かれていて腹が立つ。

こういうわかりやすいものを見せられると、確かに絵が上手《うま》いんだな、と理解できる。

「リクル姉さまってこういう絵も描くのね」

「うん、時々ね……あんまり見せる機会がなかったけど……」

リリミが素直《すなお》に感心している。彼女は学院生活で家にいないので、コミュニケーションが足りないようだ。

「そういえば、私が小さい頃《ころ》に絵本とか紙芝居《かみしばい》とか作ってくれたよね」

「うん……」

リクルビタァは寂《さび》しげに笑った。

「……リリミは、外で遊ぶのが好きで、それに武術を始めたりしたから、すぐ飽《あ》きられたけど……というか一度もちゃんと見てくれなかったけど……」

「……ご、ごめん」

「……お姉ちゃん、嫌《きら》われてるのかなって思って、落ち込んで、ますます外に出たくなくなって……」

「ご、ごめんって！　ごめんってば！」

…………。

「ニア！　向こうのデニッシュみたいな変な絵を見に行きましょう！」

唐突《とうとつ》に内輪《うちわ》揉《も》めの体《てい》を醸《かも》し出したので、レリアレッドが私を遠ざけようとする、が――

「……絵本や紙芝居、か」

その発想に、私は考え込んでいた。

魔法映像《マジックビジョン》の撮影《さつえい》は、実際に起こったものを記録するものである。

逆に言うと、実際に起こったことしか撮影できない。

音くらいは後から付け加えることができるが、映像はそういうわけにはいかない。

――だが、絵ならどうだ？

絵を映せば、それは「実際に起こったこと」ではなくとも映像にできる。

現場で天候を気にしたり、出演者の機嫌《きげん》や体調に左右されたり、予期せぬトラブルで撮影が中止になったりもしない。

室内で、邪魔《じゃま》の入らない環境《かんきょう》で、寸分も予定が狂《くる》うことなく撮影することができるのではないか。

それに、絵なら、実際に起こるわけがないことでも、映像にできる。

たとえば、過去に実在した英雄《えいゆう》と特級魔獣《まじゅう》の戦いだとか、そういうものが。

もしかしたら、これは魔法映像《マジックビジョン》における一つの可能性ではなかろうか。

絵か。

絵本、紙芝居か。

これはいけそうだ。

――ヒルデトーラに相談だな。いや、ベンデリオを先にするべきか？　リストン領でやるべき企画か？

――あと、なんとかリクルビタァを引き抜《ぬ》けないだろうか。

彼女の絵の腕前《うでまえ》は確かだ。

もし「絵の撮影」を魔法映像《マジックビジョン》業界に投入できるとなれば、彼女ほどの腕を持つ絵師は貴重である。ぜひ確保しておきたい。

「あ、ニア」

手を引くものの動かない私の顔を覗《のぞ》き込《こ》んでいたレリアレッドが、ふっと気づいたように言った。

「今、絵って魔法映像《マジックビジョン》に使えないかな、って考えてたでしょ？」

――何⁉　き、気付かれただと……⁉

今この状況で少しでも情報が漏れたら、確実にシルヴァー領に持っていかれるぞ！

「はっはっはっはっはっはっはっはっ、うんうん、何言ってるか全然わかんないけど？　そんなことよりちょっと手を握《にぎ》ってもいい？」

「あ、またその握り方――いたたたたたたたっ」

誤魔化せ！　誤魔化すんだ！　今を乗り切るんだ！

「ニア！　何をしているんだ！」

「見てお兄様この手を。かわいい手だと思わない？」

「いたたたたたっ！」

ギリギリと、肘《ひじ》から手首から手首からガッチガチに関節を極《き》めつつメキメキ絞《し》めながら
兄にレリアレッドの手を差し出したりもしたが、誤魔化せなかった。

「――やめなさい！　痛がってるじゃないか！　離せ、離っ……な、なんだこれ⁉　ものすごい力だ……全然取れない！」

結局兄には叱られ。

「――ほう？　魔法映像《マジックビジョン》で絵を？　……つまり紙芝居のようなものか？」

その上、ヴィクソンには閃《ひらめ》きをそのまま取られ。

「――それは面白《おもしろ》そうだ。冒険家《ぼうけんか》の逸話《いつわ》や冒険譚《ぼうけんたん》をどうにか映像化できないものかと考えていたが、そうか、絵か。絵なら実際にやる必要はないしな」

あっという間に実用化のアイディアまで立てられ。

「――どうかねリクル、やってみるか？　王族や貴人に売る絵ではなく、大衆向けに描く

絵だ。おまえの名を広く知らしめる絶好の機会となろう」

「――うん、私は別に、どんな絵も好きだから……」

挙句リクルビタァまで確保されてしまう。

次女のアトリエに行った、翌朝。

朝食の席でレリアレッドが堂々とヴィクソン・シルヴァーに告げ口し、あっという間に話が終わってしまった。

たとえるなら、チーム戦で先鋒《せんぽう》に五人抜きされて一つもいいところがなく大惨敗《だいざんぱい》、と言ったところか。

本当に儘《まま》ならないものだ。

腕《うで》っぷしならこの身体でさえ、そう簡単に負けるつもりはないのに。それ以外では負けが多い。ベンデリオには負けっぱなしだしな。腹の立つことに。

拳《こぶし》一つで片付くほど単純な世の中ではない、ということか。

前世ではもう少しだけ、世界は単純だった気がするが……まあいい。

冷静に考えると、元から勝ち目はなかったしな。

思いついたタイミングも悪かったし、リクルビタァがシルヴァー家の一員である以上、彼女の確保も難しかっただろう。

それにシルヴァー領も、魔法映像《マジックビジョン》業界に参入している以上、多額の金を投資している。

その上、参入して日が浅いのだ。

新しい企画を思いつけば、ぜひとも形にしたい、ものにしたいと思って当然である。

……うむ。仕方ないんだろうな。

こうなってしまった以上、考え方を変えよう。

ひとまずはシルヴァーチャンネルにおける魔法映像《マジックビジョン》による紙芝居の出来と方向性、そして評判を調べてから――あるいは新境地を開拓《かいたく》させてから乗り出すのも悪くない。

出遅《でおく》れには出遅れのやり方がある。

彼《かれ》らが失敗したなら失敗したで他を探すし、成功したなら成功したで、先駆者《せんくしゃ》の作った成功の道を後追いさせてもらおう。

まずはベンデリオに報告し、これからのシルヴァー領の動向の監視《かんし》と、今の内に絵師を探しておく旨《むね》を伝えておこう。

新機軸《しんきじく》のアイディアが出たとあって、シルヴァー家が慌《あわ》ただしくなってしまった。

「すみません。なんかみんな忙《いそが》しくなっちゃって……」

そんな中、私は予定通り仕事をこなし、いざ旅立ちの時……というのに、シルヴァー家総出での見送りの挨拶もそこそこに、皆すぐに散ってしまった。

具体的には、私たちを放り出して、すぐ近くに停《と》めていた自領の飛行船に乗り込み、仕事へ行ってしまった。リクルビタァまで引きずられるように連れていかれたしな。

一応、飛行船乗り場まで送ってはくれたが、それは彼らもここに用事があったからに他ならない。

唯一《ゆいいつ》残ったのはレリアレッドと侍女エスエラだけで、気まずそうな顔をしている。

「ヴィクソン様には、気にしていないと伝えてほしい」

誰《だれ》の目から見ても忙しいのはわかっているので、兄の返答もそんなものである。

この分だと、ヴィクソン・シルヴァーは相当急いで紙芝居《かみしばい》企画《きかく》を形にするに違《ちが》いない。

早ければ夏休み明けには、魔法映像《マジックビジョン》で紙芝居が観《み》られるかもしれない。

「またね、レリア」

そしてレリアレッドも忙しいことを知っているので、私たちはさっさと行くのが正しいのである。

「うん。ヒルデ様と島で会おう。……会えるといいけど」

もしかしたらレリアレッドも一緒に王都に行くかも、なんて話もあったのだが。

突如紙芝居《とつじょかみしばい》の企画が立ち上がったせいで、完全に流れた。

王都で一緒に仕事して、そのまま最終五日のバカンスにも参加する予定だったが……確かにこの分だと、彼女もきっと忙しくなるだろう。

そんなこんなで、私たちは懐古趣味《レトロ》な飛行船に乗り込み、慌ただしいシルヴァー領を後にするのだった。


「――来たわね、ニアさん」

シルヴァー領を出発して、翌日の早朝には王都に到着した。

予定通りの時間に港に着いた私たちを、王都撮影班《さつえいはん》が待ち構えていた。

黒いパンツスーツに黒ぶちメガネ、黒髪《くろかみ》に深い藍色《あいいろ》の瞳。細身で長身で、隙《すき》がなく性格がきつそうな二十代後半の女。

彼女こそ王都撮影班の代表、ミルコ・タイル。

夏休み直前、王都放送局に挨拶に行って対面した人物である。

代表……言わば現場監督《かんとく》である。リストン領で言うところのベンデリオだ。

これまでにも王都放送局の仕事はいくつかこなしてきたが、初めて彼女と会ったのは、挨拶に行った時である。

あまり現場には出ないのか、それともたまたま私が撮影に参加する時にいなかっただけなのかはわからない。

何にせよ、彼女とはヒルデトーラの紹介《しょうかい》で会っている。ヒルデトーラが彼女を信頼《しんらい》しているなら、私も信じていいと思う。

「早速《さっそく》だけど、撮影いいかしら？」

お、いきなりか。

ここで会う約束をしていたので、到着時間を調整してやってきたが、こうもすぐに仕事に入るとは思わなかった。

「わかりました。行きましょう」

もちろん返事は変わらないが。

「妹をよろしくお願いします」

「はい。正式な挨拶《あいさつ》は後日、余裕《よゆう》がある時に」

兄と軽く言葉を交《か》わすと、ミルコは私をさらうようにして、近くに停めていた飛行船に乗り込む。

ここからは兄たちと別行動で、私はリノキスのみ連れて動くことになる。

「慌ただしくてごめんなさい。急げばヒルデ様の撮影に合流できそうなの」

ミルコがそんなことを言っている間に、船が動き出した。

「元から仕事をするために来たので構いません」

リストン領で過ごした地獄《じごく》を思えば、この程度のことはなんでもない。

港で手を振《ふ》る兄に手を振り返し、さてと振り返る。

「それで？　私は現地で何をすれば？」

「犬よ」

……あ、そう。

犬と追いかけっこするの、本当に評判いいんだな。この夏だけでリストン領、シルヴァー領あわせて十本以上は撮《と》っているはずだが。

「――犬の二本撮りよ。できれば四本撮りで」

……え？　四本も撮るの？

ベンデリオもひどいスケジュールを組んでいたが、もしやミルコもえげつないスケジュールを組んでやしないだろうな？

「ニア！」

王都撮影班の代表ミルコ・タイルと向かった浮島《うきしま》で、無事に第三王女ヒルデトーラと合流することができた。

「久しぶり、ヒルデ」

先に着いていた同型の飛行船の横に着け、船を降りた先に彼女はいた。身分ある立場なので私服の護衛が数人付いている。恐らく騎士《きし》だろう。だがあまり強くないな。

それはともかく。

一ヵ月くらい会っていなかったヒルデトーラは、子供らしく元気そうである。

「珍《めずら》しい格好をしているのね」

王族の証たる透き通った緑色に赤い点が打ってある瞳も、いつも通りだ。

だが、格好は違う。

長い金髪《きんぱつ》を結《ゆ》い、更《さら》にはピンク色の可愛らしいつなぎを着ている。

長靴《ながぐつ》を履《は》いて手袋《てぶくろ》もしていて、完全に屋外作業服姿である。

歴《れっき》とした王族にして王女なだけに、ちゃんとした格好のヒルデトーラしか見たことがなかったが……まあ子供なのでこういう元気そうな服装も似合わなくもない。

――というか私の作業着とほぼ同じ作りで色違《いろちが》いなので、きっとあえて揃《そろ》えたのだろう。

「これから牧場仕事のお手伝いです。ニアも付き合ってくれるのでしょう？」

「ええ、この通りよ」

何せ私も今、色は違うものの、彼女と同じ格好で準備万端《ばんたん》だから。


この島は小さい。

世帯も少なく、十数人ほどで牧場と畑をやっているようだ。

浮島の生態系は、島それぞれで独自の進化を遂《と》げている。

かつて、海に根付いていた大地を割ったという特級魔獣「大地を裂く者ヴィケランダ」が暴れたことで、数多《あまた》の浮島が生まれた。

急激に変わる気圧や気候や風、太陽や月などの周辺環境の変化が原因で、島ごとに新たな生態系が出来上がった。

この島は、野菜や穀物、そして家畜《かちく》が育てやすい土地となったわけだ。

私も王都周辺の浮島にある牧場に行き、そこで育てられているムーアムーラ牛という、富裕層《ふゆうそう》ご用達《ようたし》の高級牛肉を食べたことがある。

適した環境で育つとこうも違うものなのか、と驚《おどろ》いたのは記憶《きおく》に新しい。

もちろん環境だけではなく、牧場で働く人々の弛《たゆ》まぬ努力の賜物《たまもの》でもあるのだろうが。


畑仕事をしたり、家畜小屋を掃除《そうじ》したりと一通りこなし、休憩《きゅうけい》に入る。

手を洗い、木陰《こかげ》に入り、今後の予定を話しつつ身体を休めておく。

「これまでの仕事と傾向《けいこう》が違うんじゃない？」

ヒルデトーラはこういう撮影はしてこなかったはずだ。

これまでのヒルデトーラの仕事は、病院の慰問《いもん》のほか、騎士の訓練場や訓練風景を案内したり、王都や王都周辺の観光地を紹介したりと、王族の公務がメインだった。

特に病院や孤児院《こじいん》への慰問が多く、そこから国民に人気の第三王女になったのだ。

「意外と会えるお姫様《ひめさま》」――そのキャッチフレーズは伊達《だて》ではない。王都での彼女の人気はかなりのものである。

だからこそ、一緒に牧場の仕事をするヒルデトーラは、私の目には新鮮《しんせん》である。

王族だけに、常に品格と品性を問われる彼女は、こういう仕事はやりたくてもできないと言っていたから。

ちなみに私は「職業訪問」で何度も肉体労働をしているし、最近は犬関係でよく牧場に来ているが。

「そうですね。この夏から、少し仕事の幅《はば》を広げた感はありますし」

へえ、そうなのか。

「リストン家のお嬢さんやシルヴァー家のお嬢さんががんばっていますからね。わたくしも負けていられません」

そうか。

まあ、そうだよな。

私たちの誰よりも魔法映像《マジックビジョン》を普及《ふきゅう》させたいと思っているのは、ヒルデトーラだ。

王女がやることではない気もするが、むしろ王女であるからこそ率先《そっせん》して身体を張っているとも言える。

魔法映像《マジックビジョン》は国営の政策であり、多額の投資を受けて動いている。

正直なところ、まだ満足な利益は得られていない。

魔法映像《マジックビジョン》を軌道《きどう》に乗せないと、それは国の方針――ヒルデトーラの父親たる国王の責任問題になる。

ヒルデトーラにとっては、本当に他人事じゃないのだ。

「それに今回の仕事も、そこまで別種というわけでもないのです」

「そうなの？」

私にとってはいつも通りの「職業訪問」なのだが。

作業の撮影が終わり、青空の下に用意したテーブルには、この島で育てた食材を使った料理が並べられる。とてもおいしそうだ。

「――この牧場では、若い働き手を探しています」

「――私たちはもう歳で、力仕事はなかなか難しいんです。でも人手が足りないのでやめるにやめられず……」

最後の撮影で、ヒルデトーラに話を振られた牧場主である老夫婦《ろうふうふ》が、この牧場の現状を訴《うった》える。

ああなるほど、人材募集《ぼしゅう》も兼《か》ねての撮影だったか。

国民に優《やさ》しい「意外と会えるお姫様」からすれば、こういう形で国民に協力すると。そういう体なわけだ。

老夫婦からの牧場の紹介が終わり、人気者の王女が付け加えた。

「牧場のお仕事は大変でした。朝は早いし、力仕事だし、生き物を相手にするから休みもありません。

しかし、こんな畑や牧場で汗水《あせみず》流して働いてくれる人がいるから、食料が作られて、わたくしも皆も飢《う》えずに暮らしていけるのです。

牧場仕事は大変です。もしかしたら苦労に反して対価は低いかもしれません。

でも、誰にも恥じることのない誇《ほこ》り高いお仕事だと、わたくしは思っています。

興味のある方は、ぜひここで働くことをご検討ください」

……なるほど。

普段《ふだん》は変な部分も多いヒルデトーラだが、真摯《しんし》な表情と言葉がよく似合う。

こういう場面で説得力がある点は、とても王族らしい気がした。


ところで、だ。

「さあニア、勝負です！」

牧場での撮影が終わり、せっかく作ってくれた料理を撮影班と一緒に早めの昼食としていただく。

その後、仕事は次の段階に移る。

――そう、犬である。

この牧場にも、羊などを追う牧羊犬がいた。

普段から元気に野を駆《か》け回っているだけに、足も速そうだ。犬なりに。

そして「今日も普通《ふつう》に勝ちそうだな」と思っていた矢先に、なぜだかヒルデトーラが割って入ってきた。

「わたくし、こう見えても幼少より、自衛のために王室秘伝の古武術を習っておりまして。いささか運動の方には自信があります」

はあ、古武術。……まあ、鍛《きた》えているのはわかっていたが。

「犬に勝てるのがあなただけだと思わないことですね！」

はあ、うん。

「犬に嫌われる覚悟《かくご》はできてるの？」

今すごいヒルデトーラの手を舐《な》めている、ものすごくべろんべろん舐め上げている、白と黒のツートンカラーの毛皮を持つ中型犬。

毛もふさふさで人懐《ひとなつ》っこい、かわいい牧羊犬ではあるが。

――勝負の後は、だいたい嫌われるのだ。激しく吠《ほ》えられるのだ。「おまえ帰れよ早く帰れよ」と言わんばかりに。

その人懐っこさが嘘のように、豹変《ひょうへん》するのだ。

果たして耐《た》えられるか？

さっきまで懐《なつ》いていた犬に嫌われるのは、まあまあショックだぞ。

「フッ……勝者は孤独《こどく》なものですよ」

それは同感だが。

「あなたの不敗記録、今ここで泥《どろ》を付けてあげましょう！」

——結果、犬とヒルデトーラに嫌われた。


王都での撮影は続く。

今日は懐かしい顔との撮影である。

「ニアちゃん久しぶり」

「今日はよろしくね」

「たまには舞台《ぶたい》を観に来なさいよ」

リストン領にいた頃から聞いていた、劇団氷結薔薇《アイスローズ》の役者と再会した。

「氷の双王子《そうおうじ》」ことユリアン座長とルシーダ、そして看板女優として名が売れてきたシャロ・ホワイトと王都観光を行う。

「なぜ王都観光？」と疑問に思ったりもしたが——視聴者《しちょうしゃ》全員が王都に住んでいるわけで

はないし、アルトワールに来ている外国人が番組を観る場合もあるからだ。

更に言うと、王都住まいの地元民だからこそ王都の観光スポットに行ったことがない、というケースも結構あるらしい。

とりあえず一定の需要《じゅよう》はあるそうなので、まあ、やれと言われればやるだけだ。

しかし企画として、ただ王都観光をするのはつまらない。

私以外は本物の役者ということで、その特色を活《い》かして、シーン毎《ごと》に衣装《いしょう》やメイクを変えて撮影しよう、というコンセプトが付加された。

というわけで、彼らにはこれまでの劇で使った衣装を持ってきてもらった。

豪奢《ごうしゃ》な衣装をまとい観光地を歩く双王子と女優、ついでに私に、周囲の人たちの視線は釘付《くぎづ》けだ。これは放送の反響《はんきょう》が楽しみだ。

「どう、ニア？　男役もいけるでしょ」

かつて演じた「貧乏《びんぼう》貴族の嫡男《ちゃくなん》の少年」の姿を堂々披露《ひろう》したシャロ。

「……ええ、まあ」

悪くはないと思う。うんうん。いいと思う。……うん、いいんじゃないかな。

「ちょっと。今隣《となり》と見比べたでしょ」

曖昧《あいまい》に頷《うなず》いていると、シャロの眉毛《まゆげ》が吊《つ》り上がった。いや、怒《おこ》る理由はわかるけどさ。

「ごめんなさい。さすがにすぐ隣に並ばれると」

貧乏貴族の息子《むすこ》役のすぐ横に、キラキラの王子役がいるのだ。さすがにどうしても見劣《みおと》りするというか、並ばれると気になってしまう。

「一応私は男役《こっち》が専門だからね」

と、ルシーダは笑った。

氷の双王子の片方だけあって、やはり輝《かがや》きが違う。

「君が女役《こっち》でも良かっただろう」

と、遅《おく》れてやってきたのは豪奢なドレスを来た双王子の片方、ユリアンだ。

双子《ふたご》だけあってそっくりだし、どちらも異性の役ができるらしい。

――ちなみにこの衣装は、「いつか迎《むか》えに」という劇のものだ。貧乏男爵《びんぼうだんしゃく》の嫡男を好きになったお姫様が主役なんだとか。きっとだらだらしたまだるっこしい話に違いない。一言好きって言えば解決するような。

なお、今回は遊び心を入れて、双子で配役を交換《こうかん》した。かつてはユリアンが王子役をこなしたそうだ。

「――はぁぁぁぁぁ。氷の双王子がぁぁぁぁ。すてきぃぃぃぃぃ」

魔法映像《マジックビジョン》で彼らの劇をたくさん観ているリノキスは、撮影の最初から最後まで、うっとりと溜息を吐くだけの存在になっていた。ずっとゆるみ切った顔をしていた。

……最近あまり修行《しゅぎょう》に付き合ってやれてないんだよな。バカンスではしっかり鍛えてやるからな。大好きな荒行《あらぎょう》もしてやるから、もう少しだけ待っていろよ。

王都での撮影が始まってしばし。

午前中の撮影が一段落し、アルトワール王国の紋章《もんしょう》が入ったヒルデトーラの飛行船に乗り込む。

午後からは彼女《かのじょ》と同じ現場だ。

次の撮影場所に移動しつつ、昼食を取ることになった。

「この分なら予定通りお休みが貰えそうですよ、ニア」

ヒルデトーラと私、そして王都撮影班代表ミルコ・タイルがテーブルに着く。

この夏の撮影では、ミルコはずっとヒルデトーラについているようだ。やはり王族を放置するわけにはいかないのだろう。責任者として。

テーブルに着くなり、グラスに食前酒……ではなく水が注がれ、料理が運ばれてくる。

いくら王族でも、さすがに子供に酒はまだ早いということだ。例外が許されるのは中身が違う私くらいだろう。……リノキスがいる限り絶対許されないが。今もすぐ後ろにいるしな。付きっきりだしな。

ミルコも水だ。さすがに仕事中に呑《の》む習慣はないのだろう。

スケジュールでは、あと二日ほどで夏休みの撮影は終わりである。

そしてヒルデトーラの言葉を信じるなら、日程通りバカンスに行けるようだ。

「そうですね。多少の誤差はありますが、概《おおむ》ね予定通り進んでいます。五日間のお休みでしたね？　大丈夫だと思います」

夏の撮影スケジュールを管理しているミルコが言うなら、確定と言っていいだろう。

「ありがたいわね。この夏はそれだけが楽しみだったわ」

本当に地獄のような夏だった。

いや、地獄はリストン領だけか。他の放送局は程々《ほどほど》に遠慮《えんりょ》したからな！　いくら身内とはいえリストン領は遠慮がなさすぎるんだ！

王都に来てからは、八割くらいはヒルデトーラと一緒に撮影を行った。

さすがに憎《にく》きベンデリオ並みの殺人的撮影スケジュールが組まれることはなかった。まあそれでもそれなりの量の仕事をこなしてきたが。

ヒルデトーラの撮影は、普段は王族の公務が多い。だがこの夏は私と合同ということで、むしろ私寄りの撮影内容が多かった。

王族だけに、ヒルデトーラには活動の制限が付いているのだと思う。

いくら階級社会の意味合いが薄《うす》れてきている現代でも、ただの貴人の娘《むすめ》と、正統なる王族の一人では、周囲が思うことも違うだろうから。

方々から「王族らしくない」などと非難の声が上がったり、あるいは圧力さえ掛《か》かっているのかもしれない。

それこそ彼女が目指すところの、支配者階級の権威《けんい》復興絡《がら》みの問題だ。

権威を損《そこ》なうような内容では本末転倒《ほんまつてんとう》だから、みたいな活動方針もあるのかもしれない。

難しそうだからな。王族なんて。

「それにしてもニアさんは落ち着いているのね」

ん？

前菜をつついていると、ミルコに話を振られた。

「ヒルデ様でも子供には出来過ぎだと思っていたけれど、あなたの落ち着きぶりはヒルデ様以上だわ」

それはそうだろう。

中身は子供じゃないんだから。

「度胸もあるし、どんな現場でもどんな人が相手でも物怖《ものお》じしないし。子供であることを忘れそうになるわ」

それはそうだろう。

いざとなったら殴《なぐ》り飛ばせばいいからな。怖気《おじけ》づく理由がない。

「この髪《かみ》の通り、一度死んだようなものだから。そういう経験をしたせいか、大抵《たいてい》のことには動揺《どうよう》しなくなりました」

髪の色は戻《もど》らないままだ。

入学の際の魔力《まりょく》測定でも、魔力の回路が壊《こわ》れていることがわかった。

「まあ何にせよ、生きているだけで幸運ですから」

――本当は、私のような老人ではなく、本物のニア・リストンにこそ生きてもらいたかったが。

……いや、もう考えまい。

人の生死など、悔《く》いて取り戻せるものではない。

なんの因果かこういうことになってしまった以上、この身体で精一杯《せいいっぱい》生きてこそ、ニアの供養《くよう》にもなるだろう。

差しあたっての目標は、リストン家の建て直しだ。

「何か新しい企画《きかく》は――」

「できれば長期でできるものが――」

「魔晶板《ましょうばん》の購入者層《こうにゅうしゃ》を考えると、まだ富裕層が多いから――」

今日の昼食も、いつの間にか企画の話をしていた。

「王城《うち》の犬、すごく速いのですが――」

「大型犬はちょっと……ニアさんの大きさを考えると対比がひどすぎて――」

「私は別になんでも構いませんが。そもそもの話、勝ちにはこだわりません。負けた方が盛り上がるタイミングもあるのではないかと――」

「待って！　ならわたくしとの勝負に負けてもよかったのでは――」

「ヒルデは犬より遅《おそ》かったじゃない。その程度だとさすがにわざとらしいから――」

「その程度⁉　く、屈辱《くつじょく》ですわ……――」

色々なアイディアこそ出るが、これと言ったものはなかなか出ないものである。


具体的なバカンスの話をした、二日後のことだった。

「ごめんなさい、ニア。少々事情が変わってしまったの」

いよいよ夏休みの仕事納めという日を迎えた。

港で会うなり困った顔をしたヒルデトーラから、不吉極《ふきつきわ》まりない言葉が発せられた。

「待ってヒルデ。それ以上聞きたくない」

なんだ。

バカンスがダメになったのか。中止なのか。

やめてくれ。

この最後の五日を憂《うれ》いなく過ごすために、ここまでどれだけがんばってきたことか。無《む》茶《ちゃ》な撮影《さつえい》スケジュールをこなし、腕がなまらない程度の修行も行い、夏休みの宿題だって毎日コツコツコツコツやってきたのだ。

全ては！

全ては、明日からの五日間のために！

なのに！

だのに！

……この怒《いか》り、とりあえずベンデリオにぶつけに行くべきか……！

「いえ、ニア、中止ではないの」

私の表情の変化、あるいは感情の変化、もしくは溢《あふ》れる怒気《どき》か殺気でも感じたのか、動こうとした自分の護衛を制してヒルデトーラは言った。

「予定通り、休日はあります。今日の夜に出発し、明日から丸々五日間。しっかり遊べるし休めますから」

それだけ聞ければ充分《じゅうぶん》だ。なんの不満もない。

だが、やはり付くのである。

「ただし」と。接続詞が。

「あの……実は今朝、お父様が島へ行ったという報告がありまして……」

……うん？

「向かう浮島にはヒルデの父親がいるけどいいのか、と？」

「まあ、簡単に言えば。お父様もバカンスのようです」

そういえば、行く予定の浮島は王族がプライベートで利用するって話だったな。ならばヒルデトーラ以外の王族が利用することもあるか。

……ふうん。そうか。

「ヒルデのお父様は子供に絡《から》んでくるタイプなの？」

「いえ全然。むしろ目が合わないと言うか、大人げなく無視しますね」

「じゃあ大丈夫ね」

「え？　本当に？」

うむ、大丈夫だ。

干渉《かんしょう》しすぎるのはかなり困るが、逆ならいいだろう。

どうせ王族の世話をする使用人はいるだろうから、子供だけの集まりにはならない。その状態で一人大人が増えるだけの話じゃないか。

「本当に大丈夫ですか？　その辺をうろうろ徘徊《はいかい》する王様がいたり、木陰でハンモックに揺《ゆ》られながら本を読んでいる王様がいたり、バーベキューではしゃいでる王様がいたりするかもしれないけれど、本当に大丈夫？　委縮しない？　邪魔《じゃま》じゃない？」

まあ、邪魔なのは間違《まちが》いないだろうが。

「王様もバカンスでしょ。仕事を頑張《がんば》ってようやくたどり着いた休日でしょ。気持ちがよくわかるだけに、強く拒否《きょひ》する気にはなれないわ」

それに、相手が王様でも同じことだしな。

いざとなったらどうとでもなる。いざって時は殴り飛ばせばいいし、邪魔だったら気絶させてしまえばいい。

休みに来たのなら休めばいい。ゆっくりとな。その時は手伝ってやる。

「私は大丈夫。ただ、心配なのはレリアね」

「それですよね」

レリアレッドは平気でいられるだろうか。

徘徊する王様がいたり、木陰でハンモックに揺られる王様がいたり、バーベキューではしゃぐ王様がいた場合、彼女は気にせずいられるだろうか。

ヒルデトーラ相手でも緊張《きんちょう》気味だった彼女が、果たして王様相手に平静でいられるか。

まあ、無理だろうな。


「――ムリムリムリムリムリムリ！　王様とかムリ！　絶対ムリ！」


幸か不幸か、レリアレッドは間に合った。

例の紙芝居企画で想定外の仕事が増えたであろうシルヴァー領である。

果たしてレリアレッドは約束通りバカンスに来られるのか、どうなることか、と危《あや》ぶまれたのだが。

レリアレッドは間に合った。

そう、間に合ってしまった。

アルトワール王国の国王陛下が先行している、浮島五日間の旅に。

「なんで前もって言わないの!?　なんでそんな大事なこと、到着《とうちゃく》してから言うの!?」

昨日の夕方に王都に到着したレリアレッドが合流し、何も知らないいままゆったりとした飛行船の空の旅で、一晩を過ごし。

翌日の早朝、全員がご機嫌《きげん》のまま、誰もが笑顔《えがお》で。

これから始まる楽しい楽しい五日間の過ごし方を、あれやこれやと相談しながら飛行船を降りたところで。

飛行船を乗り降りするタラップを回収した後に――告げた。

「何が『そういえば』よ⁉ 絶対このタイミングで言おうって決めてたでしょ⁉」

私が告げた。

――「そういえばヒルデのお父さんが来てるんだって。奇遇《きぐう》よね」と。

太陽のように輝かんばかりのはしゃいだ子供の笑顔が、瞬時《しゅんじ》に、雷雲《らいうん》がごとき重層なる曇《くも》り空《ぞら》のそれへと変じる様は、私の良心を問うに充分なものだった。

もちろん心が痛い。

ああ、心はしっかり痛いとも。

気の毒で気の毒で仕方ない。子供の楽しみを奪《うば》って何が嬉《うれ》しいか。

だが、許せレリア。

こうするしかなかったのだ。

――だっておまえらは私から紙芝居《かみしばい》の企画を横取りしたから。これくらいのささやかな復讐《ふくしゅう》はさせてくれ。

　私は勝てる勝負にはこだわらないが、勝てないかもしれない勝負にはこだわる。

　魔法映像《マジックビジョン》は私にとっては勝負なんだ。一方的に負けたままでは終われないんだ。

「大丈夫よ。王様だって人なんだから、そこまで緊張することないでしょ。王の役職にない休日の今は、ただのおっさんよ」

「なんでよ⁉　なんでそんなこと言えるの⁉　むしろなんでニアこそ平気なのよ⁉　王様よ⁉　ていうかヒルデ様と初めて会った時も平然としてたよね⁉　王族をなんだと思ってるの⁉」

　王族をなんだと思うかって、そんなの決まってるじゃないか。

「ただの王家に生まれた人ってだけでしょ。何も偉《えら》くないわよ。王族ってだけで偉そうに振る舞《ま》ってる一族のしょうもないおっさんの一人でしょ。ねえヒルデ？」

「すみませんが、その言葉には同意できない立場なので」

　あ、そうか。彼女は王族か。

　……若干《じゃっかん》ヒルデトーラの微笑《ほほえ》みが怖《こわ》いので、これ以上の王家批判めいた発言は控えよう。

「ヒルデの話では、子供と拘《かか》わるタイプではないそうだから、あまり気にしなくていいんじゃない？　とりあえず行きましょうよ」

「――やだぁぁ！　やだぁぁぁぁああああ！」

私は嫌《いや》がるレリアレッドの手を取り、引きずって小さな港から出ると、眼前にある屋敷《やしき》へ向かうのだった。

この浮島自体はそう広くはないそうだが、必要なものは全部揃っているらしい。

牧場や畑のある島は、土が豊かで良質な牧草などが育つように。

この島は気候が優れているらしい。四季による温度の振り幅が穏《おだ》やかで、年中いつでも過ごしやすいそうだ。

その上、水も豊富で緑も多く、それゆえに食べられる物も多い。

王族が所有してからはかなり手を入れ、更に過ごしやすく変えられた。療養《りようよう》地などにも使われるのだとか。

つまり最高の休息地というわけだ。

——それに、王様がいたことも、後々考えれば幸運以外の何物でもなかったのだろう。

屋敷の近くにある木の下に、デッキチェアとテーブルがある。

そこにバスローブ姿の偉そうな男がいて本を読んでいるな、と遠目からでもわかった。

「あれがお父様です」

ヒルデトーラがそう言ったので、「ああやっぱり」と腑《ふ》に落ちた。

まさかいきなり王様に遭遇《そうぐう》するとは思わなかった。……というかバスローブって。風呂《ふろ》でも入ってそのままか。とにかく王様はバカンスを楽しんでいるようだ。

「お父様」

近くに寄り、ヒルデトーラが呼びかける。

「――俺《おれ》はいないものと思え。休みまで王をやる気はない」

が、王様は本を読みながらすげなくそう答えた。

「休みじゃなくてもいつもそうでしょう？　親として、我《わ》が子の友達に挨拶くらいはしてくれませんか？」

いつも明るく優しいヒルデトーラにしては棘《とげ》のある言い方である。やはり身内相手だと違《ちが》うようだ。

「知るか。話しかけるな」

なるほど、王様はこういう感じの者か。

だが、態度は悪いが好都合でもある。

こっちはこっちで楽しむので、向こうは向こうでやればいいのだ。過干渉《かかんしょう》よりはよっぽどマシである。

「本人の意向なので、お父様は今後いないものとして扱って結構です。こんなの無視しちゃってください。さあ、行きましょう」

よし、行こう。

レリアレッドも突然《とつぜん》の王様との遭遇にあわあわしているし、さっさと部屋を当てがって落ち着かせた方がいい。

出迎《でむか》えに出てきて待っていた屋敷の使用人に荷物を渡《わた》し、私たちは屋敷へ――

「――ニア・リストン」

ん？

ふいに名前を呼ばれて振《ふ》り返ると、……その先には王様がいた。なんだ。私を知っているのか。

本を読んでいる王様は、そのままの体勢で言う。

「おまえはいつになったら魔法映像《マジックビジョン》を普及させるのだ？」

「……はい？」

なんだ急に。なんの話だ。

「おまえからは本気を感じる。魔法映像《マジックビジョン》のために生きると決めているかのような覚悟を感じる。

それで？　おまえはいつになったら実績を作れるのだ？」

……そんな覚悟をした覚えはないが、命懸《いのちが》けではあるつもりだ。本物の、ニアの、ため、リストン家のためだからな。

「やり方がぬるいのではないか？　甘《あま》いのではないか？　本気なら、覚悟を決めているなら、確《しか》とやり遂げろ。利用できるものはなんでも利用しろ。

終わりとは突然《とつぜん》訪《おとず》れるものだ。

いつまでも金食い虫の事業にチャンスがあると思うな」

……ふむ。なるほどな。

「お父様！」

「俺の用事は済んだ。さっさと行け」

ヒルデトーラが諫《いさ》めるも、もう話す気はないようだ。

ヒュレンツ・アルトワール。

アルトワール王国第十四代目国王との出会いは、こんな感じだった。

「……ふう」

案内された屋敷の一室で一息つく。

さすがは王族が使う別荘《べっそう》、誰《だれ》が来ても対応できるよう客間も広く豪華《ごうか》だ。

「私、初めて王様を見ました」

小さなテーブルに着くと、すぐにリノキスが紅茶を淹《い》れてくれる。カップもポットも完全完備である。

「私もよ」

王様か。きっと両親は会ったことがあるだろう。前のニア・リストンはないだろうな。兄は意外とあったりするのかな。

「どんな人か知っていますか？　ヒルデトーラ様から聞いたとか」

「いえ全然」

これまで、王様がどんな人かなんて、考えたこともなかった。

そもそも興味もなかったし、拘わることも予想していなかったし。

「父親の話になるとあまりいい顔をしないから、彼女の家族の話は避《さ》けていたわね」

逆に「どんな人か知っている？」と質問すると、リノキスは「噂《うわさ》で聞いた限りですが」

と前置きする。

「かなりの切れ者で、冷徹《れいてつ》で、すごい女好きだって。そんな噂は聞いたことがあります」

へえ。王様はそういう評価の人物なのか。

「今のところ、噂に違《たが》わないわね」

少し話してみた感じだが、政治手腕《しゅわん》は良さそうだし、たったあれだけの接触《せっしょく》でも冷徹さは感じられた。女好きはちょっとわからないが。

しかし英雄《えいゆう》は色を好むものだから、意外という気は……いや、少し意外だ。

あれは王という仕事以外が目に入っていないように思えた。だから女どころか自分の家族や血縁《けつえん》さえ、彼《かれ》の心には住んでいない気がする。

そもそも人に興味がないのではないかと思う。

「――それでお嬢様《じょうさま》、本日のご予定は？」

ヒルデトーラ、レリアレッドとどう過ごすかの相談はしたが、結局結論は出ていない。

とりあえず屋敷に着いたらまず散策に出て、何があるか探してみよう、みたいな話はしていたが……。

「レリアがあの調子だから、どうしたものかしら」

レリアレッドの動揺はすごい。

部屋まで引きずって行ったら、今度は自分の侍女《じじょ》と部屋にこもって「もう今日は外に出ない！」と、ドア越《ご》しに叫《さけ》んでいた。

どうもいきなり王様に遭遇したことで、彼女の緊張がピークを越《こ》えてしまったようだ。

今日のレリアレッドはもう無理かもしれない。

まあ、それもあるとして。

ちょっと考えたいこともできてしまった。

「……やり方がぬるい、甘い、か……」

王様の言葉が耳に残っている。

――言ってくれるではないか、四十から五十程度の青二才が。

こっちは必死で抑《おさ》えて自制して、できるだけ子供らしく振舞《ふるま》っているというのに。

それをぬるいと。甘いと言うか。

なんの憂いもなく全力を出せるなら、苦労はしないというのに。

………。

悔《くや》しいが、奴《やつ》の言うことには納得《なっとく》できる点が多い。

確かにいつまでもチャンスはないだろう。そもそも私には魔法映像《マジックビジョン》普及《ふきゅう》の前に、リストン家の財政事情という時間制限もある。

いつ、どんな形で、いきなり終焉《しゅうえん》を告げられるかわかったものではない。

現状は無理のない最速で、普及活動をしているつもりだ。

しかし、それでは遅いと言うのか。

……時期尚早《じきしょうそう》が過ぎるとは思うが、致《いた》し方《かた》ないのかもしれない。

まだ間に合う内に手を打たないと――今すぐにでも本気で普及活動をしておかないと、いずれ後悔《こうかい》するかもしれない。

「どうぞ」

紅茶のカップを差し出すリノキスを見る。

――時期尚早。

――まだ早い。

――どう見ても未熟。

リノキスは……まだまだ弱いなぁ。

だが、残り時間を考えるとなぁ。今すぐ動いたとしても遅いかもしれないしなぁ。

「ねえリノキス」

師としては、絶対に許可はできない。

しかし家を守ると決めたニア・リストンとしては、言わずにはいられない。

「あなた、この国で最強の女にならない？」

「は……はい？」


対面にリノキスを座《すわ》らせ、将来的にやろうと思っていた私の計画を話す。

「えっと……要約すると、武闘《ぶとう》大会でファイトマネーで荒稼《あらかせ》ぎ？」

「まあ、それでいいわ」

結局路地裏だの闇闘技場《やみとうぎじょう》だのでやることと同じなので、その解釈《かいしゃく》で間違ってはいない。

ただ、公式で規模だけは非常に大きいやつだ。

それに伴《ともな》い、いろんな輩《やから》のいろんな思惑《おもわく》も絡んで来るだろう。

「私、ずっとやりたかったの。国を挙げての武闘大会。

全世界の強者を一ヵ所に集めて戦い、世界一強い者を決める。その模様を魔法映像《マジックビジョン》で流したいな、って。

もっと魔法映像《マジックビジョン》が普及し……それこそ他国にも広がったところで、ぜひやりたいと思っていたの」

だがそのためには、まず下地作りが必要になる。

こういう大きな計画は、ただ強いだけ、ただ金があるだけ、ただ権力があるだけでは成立させられないのだ。

いろんなところからたくさんの協力を得て、皆《みな》で作り上げるのである。

魔法映像《マジックビジョン》に触《ふ》れ、この業界に拘わった今生では、それが痛いほど理解できた。

力だけでは、強いだけでは上手《うま》くいかないことがある。

世界は暴力だけで片付くほど、単純ではないのだ。

魔法映像《マジックビジョン》の普及とともに認知度《にんちど》が高まれば、各放送局が力を付けていく。

その過程でノウハウも培《つちか》われ、各界に繋《つな》がるありとあらゆるコネもできるはずだ。もちろん支援者《しえんしゃ》だって現れるだろう。

実際、ヴィクソン・シルヴァーという貴人が魔法映像《マジックビジョン》業界に参戦してきたし、ヒルデトーラという王族とのコネもできた。

まだまだ時期ではないと思うが――しかし今やっても、それなりに大きな話題にはなるだろうと思う。

全世界、というのはまだ無理にしても。

このアルトワール王国で一番強い者を決める大会くらいはできそうだ。

ただ、問題は、私が若すぎること。

なんといっても、まだ十歳《さい》にもならない子供である。

選手として出場はできない。私ならぶっちぎりで優勝できると思うが、絶対に真似《まね》する子供が出てくる。だから公でやるのは避けたい。

私からの企画と言っても、誰が聞くだろう。子供の思い付きを真面目に聞いてくれる大人なんて少ないだろう。

しっかりじっくり魔法映像《マジックビジョン》普及活動を行いつつ、大規模大会の下地作りをして、いずれ私が出ようと思っていた。

何年も時間を掛けて仕掛《しか》けようと思っていた企画だ。

だが、それでは遅すぎるかもしれない。

どんなに無理をしても、歳を誤魔化《ごまか》しても、五年以上はかかってしまう。いかんせん歳や身分は誤魔化せても見た目だけは誤魔化せない。

――そこで、リノキスだ。

「一年よ」

私は人差し指を立てた手をびしっと突《つ》きつけた。

「一年であなたを、この国最強の武闘家《ぶとうか》に育て上げる」

「え、ええ……私が最強ですか……？」

案の定、リノキスは困惑《こんわく》している。まあそりゃそうだろう。今の彼女にはまだまだ遠い目標だからな。

「私の弟子《でし》ならそれくらいにはなってほしいんだけど」

時期尚早ではあるが。

だが、素質はあると思っている。

ここのところの修行でも「氣」の扱いが安定しているし、リノキスなら一年あれば、今の私の足元を這《は》う蟻《あり》くらいにはなれるだろう。

そこまで来れば、この国の最強程度にはなれるだろう。

――ヒルデトーラに付いていた護衛が、この国で優秀《ゆうしゅう》な騎士《きし》だと言うなら。それくらいで充分だろう。

「あの、私は確かに強くなりたいとは思っていますけど、でもそれはあくまでもお嬢様の護衛としてなんです。

大会に出るだとか、最強になるだとか、見せ物になりたいわけでは……」

……そうか。

「なら仕方ないわね」

さすがにこればかりは師でも無理強《むりじ》いできない。

何より、気が進まない者を鍛《きた》えているほどの時間はない。

「すみませんお嬢様。ちょっと領分が過ぎているとしか思えなくて……」

「わかってるわ。私も護衛兼侍女《けんじじょ》の仕事を大きく逸脱《いつだつ》していると思っているから」

想定内である。

リノキスの武に打ち込《こ》む姿勢や意気込《いきご》みなどを見ていて、そういう答えを出すかもしれないと考えていた。

彼女は、強さへの渇望《かつぼう》が薄いから。

「仕方ないからガンドルフでも鍛えることにするわ。あとアンゼル辺りもまだまだ伸《の》びるでしょうし」

あの天破流師範《しはんだい》代代理ガンドルフも、私を師と呼び慕《した》っている。彼なら泣いて喜んで教えを受けるだろう。二番弟子だし。

それと「薄明《うすあか》りの影鼠亭《かげねずみてい》」のアンゼル。

あれも素質は良いので、話を持ち掛けてもよさそうだ。まあやる気があるかどうかはわからないが――

「待ってお嬢様」

……ん？

「ガンドルフやアンゼルより私を大切にしてくれてもいいんじゃないですか？　私はお嬢様の正式な弟子ですよね？　ガンドルフは他流だし、アンゼルは裏社会出身の酒場のマスターですよね？」

「え？　でもあなた嫌なんでしょ？」

「弟子の私を差し置いて違う人を育てるとか、そっちの方が嫌ですよ！」

……え？　そういうもの？

「そんなの冗談《じょうだん》じゃないですよ！　私は心も身体もお嬢様に捧《ささ》げてるんですからね！　ほかの誰かじゃなくて私を見てください！　私を育てればいいんですよ！」

………………。

「心は知らないけど、身体を捧げられたことはないわね」

「もう予約入ってますから。その時が来たら私の身体も手に入りますよ！」

ああ、そう。

まあいらないかな。その時が来たら予約はキャンセルしよう。

いまいちよくわからないが、リノキスが奮起し、この国最強を目指すことを了承《りょうしょう》した。

それに際し、私の考える魔法映像《マジックビジョン》普及活動も、次の段階に移ることになる。

「――今日から技の修行《しゅぎょう》に入ろうと思う」

リノキスを説得した後、お互《たが》い訓練着に着替《きが》えて、人気《ひとけ》のない場所にやってきた。

使用人に静かで人が来ない場所はあるかと聞けば、ここを紹介《しょうかい》された。

あえて人の手を入れていない、小規模の森の中。湧《わ》き水《みず》が溜《た》まった小さな湖の近くだ。

木漏《こも》れ日《び》が美しい場所である。湖の水も飲めるそうだ。

いい場所だ。

濃《こ》い緑の匂《にお》いが、なんだか懐《なつ》かしい。

私が修行する時もここを使おうかな。別荘からも離《はな》れているので、少々騒《さわ》がしくしても誰にも迷惑《めいわく》は掛からないだろう。

「技……ですか。型のどこかですか？」

「型はただの型。型に入っている拳《こぶし》も蹴《け》りも、ただの型であって技ではない」

まだリノキスに技の伝授は早い――そんな内なる迷いを振り切り、言葉を続ける。

「先に言っておくわ。私の技はほぼ全てが必殺よ。『氣』の心得のない人や、まったく鍛えていない人に仕掛ければ、必ず死ぬから。

だから使い方を誤らないで。

必要な時は使えばいい。武闘家なら誰かを殴り殺すこともあるでしょう。

でも、殺す気はなかったのに誤って相手を殺してしまった――これだけは避けなさい。

無責任な拳は嫌《きら》いよ。それに、それは未熟な弟子に技を伝授した師の責任でもある」

「護衛として強くなりたい」と言って弟子入りを懇願《こんがん》したリノキスなら、使い処《どころ》は間違えないと信じたい。

否、信じている。

「教えるのは一つだけだから。想定している大規模大会では、まずこの一つで勝ち抜《ぬ》くことができると思うわ。

だから、丸一年掛《か》けて習得しなさい。私が教えた技を、私が納得できるくらいに」

「――あの、その前にちょっと質問いいですか？」

うん？

「何か不満や不服でも？　まさか技を二つ三つ教えろとでも？　習得できるの？」

「いえそこはいいんです。技に不満はないです。ただその……あの……その、もういいのかな、と……」

……？

「何がもういいの？　技を教えること？　私は正直まだ早いと思ってるけど」

「いえ、技のことではないんです。……その、なんと言いますか……」

リノキスはかなり言葉を選んでいる。

　これまでに見たことがないほど深刻な顔で、言おうとしたり、首を振ってやめたりと、どう見ても迷っている様子だ。

「早く言いなさい。時間が惜《お》しい」

　魔法映像《マジックビジョン》普及活動は、今日この時から次の段階に移る。

　これにより、私の活動は大きく変わってくる。これまで以上に時間に追われることにな
るだろう。

　無駄《むだ》な時間は過ごせない。

　特に今は、声が届く場所に王様がいる。彼と話す時間を捻出《ねんしゅつ》し、なんとか彼とのコネを
作っておきたい。必ず役に立つはずだ。

　そして何より、私はこれから五日間のバカンスも諦《あきら》めていない。

　労働に対する正当な休日である。

　修行に対して肉体を休ませる時間が必要であることと同じで、私の心と精神のために、
休日は必ず必要なものである。

絶対に遊んでやるのだ。えげつないほどに。

指示さえ出しておけば、修行は一人でもできる。むしろ修行にしろ技の練習にしろ、一人の方が集中できるだろう。

リノキスは修行をし、私は休みを謳歌《おうか》する。

そのためにさっさと話を付けてしまいたい。

「わかりました。では言葉を選ばずはっきり言います」

迷いを振り切ったリノキスは、まっすぐ私を見詰《みつ》める。

「あの、お嬢様は……英霊の方であることを、もう隠《かく》す気はないんでしょうか？」

――慎重《しんちょう》に言葉を選んでいたリノキスが口にしたそれは、慎重に言葉を選ぶに足る内容だった。

「……？　英霊って何？」

ただ、初めて聞く言葉ゆえに、すぐにはピンと来なかったのだが。

リノキスの話を聞き、間違いないと確信する。

――それだ。私は今、英霊憑《えいれいつ》きという状態にあるようだ。

私がニア・リストンの身体に宿っているこの状態については、「そういうものだ」と呑《の》み込むしかなかった。

我ながら不可解な状態にあると思っていたが、どうしようもなかった。誰にも相談できなかったし、どう調べればいいのかもわからなかったから。

謎《なぞ》の男が、死んだ童子の身体に、無理やり私を詰《つ》めた。

それが全ての始まりだった。

魂《たましい》の入れ替《か》わり。

急に別人になってしまう現象。

現代ではそれを「英霊憑き」と呼ぶそうだ。

「詳《くわ》しい理屈《りくつ》は解明されていませんが、聖王教会は『強き英雄の魂が、死者に宿り蘇《よみがえ》る』と発表し、広く知られています。

英霊憑きは大変珍《めずら》しい現象ですが、ないわけではありませんから……」

なるほど、前例はそれなりにある、と。

「英霊は、人の死の直後に宿るそうです。

人の身体が、生と死の狭間《はざま》にあるわずかな時間に生き返る……奇跡《きせき》のように、別人として。

死に際し肉体から持ち主が去り、隙間《すきま》のようなわずかな時間に英霊が入り、その肉体を得た状態――これが英霊憑き。英霊が憑いた状態です」

死に際し、肉体から持ち主が去り、……か。

「四歳の時のあの夜ですよね？　あの夜から、お嬢様の病状は快方へ向かいましたから。今なら私もわかります。『氣』による回復を行ったんですよね？」

……うむ。

リノキスの言葉が正しいなら、やはり本物のニア・リストンは、もう死んでいることになるのか。

さすがに希望を持っていたわけではないが……子供が死ぬなど、ただ悲しいだけだ。できれば違っていてほしかった。

「英霊は過去に名を馳《は》せた偉人《いじん》が多く、でもその多くが記憶《きおく》を失っているそうです。思い出せるのは、どんな風に生きていたかとか、生きるためにしていたこととか、そういうことだけみたいです。まあ憶《おぼ》えている人もいたらしいですが、その方が稀《まれ》だとか……」

そうか、記憶がないのも共通か。

つまり頭に入っていることは無理だが、魂に刻まれていることは思い出せると。そんな感じだろうか。

うむ、聞けば聞くほどそれじゃないか。私は。

「……お嬢様、完全にそれですよね？　過去の有名な武闘家とか武術家とか、そういうのですよね？」

うん、完全にそれだな。否定できる要素がない。

というかアレだな。

「今までよく黙《だま》っていたわね。聞きたくて仕方なかったんじゃない？」

私ならすぐ聞いたと思う。だって気になるじゃないか。

しかし、そうか。

バレていたか。

私は頭を使うのは苦手だから、バレないよう慎重に……みたいな意識は薄《うす》かった。下手に隠そうとすれば墓穴《ぼけつ》を掘《ほ》るのが目に見えていたからな。

いつバレたんだろう？

この様子だと、かなり早い段階だろうな。我ながら不自然が過ぎたしな。

リノキスは……困ったように微笑んだ。

「……確かめたくても確かめられないことだってあるでしょう？　リストン夫妻にとっては、その、娘《むすめ》さんが……ということですし……私も本物のお嬢様に情が移っていましたので、認めたくはなかったというか……」

……そうか。そうだな。

確かめたくても確かめるのが怖いことなんて、たくさんあるよな。

「両親は気付いているのかしら？」

「わかりません。私はさすがにずっと一緒《いっしょ》だったので、嫌でもわかりましたが……いえ、あの二人は鈍《にぶ》いわけではないですから、きっと気付いているかと。

ただ、確かめる気は、もうないんだと思います。

はっきりしてしまえば、娘が死んだことを認めることになりますから……」

……もうその辺はどうしようもないから、一旦《いったん》置いておこう。

私が英霊であることも、今はいいだろう。

人の生死はどうにもならない。

どれだけ悔《く》やんでも、認めたくなくても。

もし私が死んで本物のニアが戻《もど》るなら話は別だが。そういうことでもないからな。

「その英霊憑きに関しては、隠した方がいいの？　それとも隠す必要はないの？」

「隠した方がいいと思います。英霊は過去の偉人である場合が多いので、聖王教会に知られたら引き取りに来るんです。かつての聖人である可能性も高いですからね」

ふむ、聖王教会か。

前世でも、そんな名の宗教に染まった国があった気がするな。

「昔はかなり強引《ごういん》で、聖女を筆頭に権勢を振るって、人さらいや人買いまがいの手段で集めていたそうです。たとえ英霊憑きが王族でも連れていくことがあったそうですが……。でも、今の時代は聖王教会も、権威《けんい》や権力といったものが弱くなっていますからね。声を掛けられることはあっても、無理やり連れて行かれることはないと思いますよ」

まあそれに関しては、という感じだな。

「どうとでもなるから別にいいわね」

「ですよね。お嬢様ちょっと強すぎますもんね」

アハハと笑い合う声が、少し虚《むな》しい。

——私はちょっとじゃなくてすごく強いのだが、リノキスには私の強さが全然伝わっていないようだ。

師としては少しショックだ。

弟子には常に、師はすごい存在だと思われたいものなのだ。

「でも聖王教会が強引に来ないとは言い切れないですし、ほかの厄介事《やっかいごと》が舞《ま》い込まないとも限りませんから。これまで通りのニアお嬢様として振る舞っていただければ」

よし、わかった。隠す方向でいいんだな。

「じゃあ修行を始めましょうか」

だいぶ脱線《だっせん》してしまったが、そろそろ本題に戻ろうではないか。

私のバカンスのためにもな。


少し話が長引いてしまったが、予定通り修行を始めることにした。

長くなってしまった話も、決して無駄ではない。

リノキスに私の状態を知られたことで、かなりやりやすくなった。これで彼女《かのじょ》に遠慮《えんりょ》する必要はなくなったと言えるだろう。

「氣」を使った技の修行に入る前に英霊の話ができたことは、僥倖《ぎょうこう》である。

私は何者なのか？

そんな根本的な疑問の答えは、もう二年以上もわからないままである。

それで特に困ったことはないので、今更焦《いまさらあせ》る必要はない。なんならわからないままでも構わないとさえ思う。

暇《ひま》があって興味が向けば、その時に調べればいいのだ。

英霊憑きという現象があり、自分がそれに当たるとわかったことで、私の抱《かか》えていた疑問は半分以上が解決した。

今となっては、自分の正体など、知らなくても別にいい。

そんな過ぎ去った昔のことより、今が大事だ。

今、ニア・リストンとして、優先すべきことをやるだけである。

「何度でも見せてあげたいけど、この身体ではまだ連発はできないから。だから見逃《みのが》さないで」

「氣」を使用する技は、ほぼどれもが必殺の威力《いりょく》がある。だからこそ反動も大きい。

ゆえに、この未熟極《きわ》まりない子供の身体では、使える技は数える程度だ。大型魔獣《まじゅう》を一《いち》撃粉砕《げきふんさい》するようなそこそこの技も無理だろう。

リノキスに教える技は、基本中の基本である。

個人的には非常に物足りない技だが……まあ、まだ「氣」の扱いが未熟なリノキスには丁度いいだろう。

きっと技との相性《あいしょう》もいいので、向いていると思うしな。

「原型はもう、リノキスの中にあるはずよ」

入学前の身体測定の時に立ち会ったガンドルフと、闇闘技場で剣鬼《けんき》と戦った時に見せた、あの高速の一撃《いちげき》だ。

速度に特化した、先の先を制する、先制の一撃。

「天破流では奥義《おうぎ》みたいだけど、これこそが初心者向きの技――氣拳・雷音《らいおん》」

右手に拳を作り、無造作に前に突き出す。

「まばたきを我慢《がまん》しなさい。一瞬《いっしゅん》だから」

そう、一瞬だ。

体内の「氣」を全身に込め、大きく踏《ふ》み込み、突き出した拳のままそれをぶつける。

ドォォォン！

天より射抜《いぬ》く雷のような音が鳴り響《ひび》く。

拳から発生した突き抜けるような衝撃《しょうげき》が、小さな湖を走り抜け――二つに割った。

――うむ。

「弱い」

考えていた通りの結果に納得し一つ頷《うなず》く。

音に驚《おどろ》き飛び立つ鳥たちの下で、割れた湖の水が元に戻っていった。

音だけはこれ見よがしに派手なのに、この脆弱《ぜいじゃく》な威力といったら……これでは中級魔獣くらいまでしか通用しないだろう。

しかしまあ、及第点《きゅうだいてん》かな。

今生では初めて技を繰《く》り出した——初歩の「雷音」でこの程度なら、思ったより身体の負担がなかった。

このくらいなら、もう一つ二つ上の技も使えそうだ。

だが、それ以上は危ないかな。

放った瞬間《しゅんかん》、全身の骨が砕《くだ》けて筋や腱《けん》がこまやかにぶち切れそうだ。

「見てた？」

「は、……はい。お嬢様、今の、すごいですね……」

別にすごくないのだが。

まあ、見た目だけはこれ見よがしなので、驚くのはわかるが。

「理屈はあなたの先制の一撃と一緒。ただし、『内氣』の割《わ》り振《ふ》りが違《ちが》うの」

「えっと……これは『外氣』なんですか？」

「いいえ、『内氣』の範疇《はんちゅう》よ。そもそも『外氣』はまだ教えていないし、できないでしょ」

——「氣」は八つの要素で成り立っているが、大きな分類は二つである。

体内に込める「内氣」と、身体の外に放出する「外氣」。

「内氣」こそ「氣」の基本にして神髄《しんずい》である。

「外氣」こそ「氣」の応用であり極意《ごくい》である。

まず「内氣」を鍛えある程度修めないと、とてもじゃないが「外氣」は扱《あつか》いきれない。

……という話は、リノキスが弟子入りしてすぐに教えたので、今更《いまさら》説明する必要はないだろう。

「でも、湖が割れましたけど……それでも『外氣』ではないんですか？　なんか『氣』が飛んでいったとか、そういうことでは？」

ああ、そこか。

「あれは拳の衝撃波《しょうげきは》ね」

「衝撃波？」

「でも重要なのはそこじゃなくて、あの音の方なのよ」

「音、というと……あの雷みたいな……？」

「そう。あれは音の速度を超えた時に出るもので、あの音を出す超速《ちょうそく》の体移動こそが『雷音』なの。踏み込みで打つわけ。衝撃波はそのおまけ程度のものよ。

どう？　リノキス好みなんじゃない？」

ガンドルフ戦も、剣鬼戦も、リノキスは先手必勝で仕掛けていた。

有無《うむ》を言わさぬ速攻《そっこう》で勝負を決しようとしていた。

「雷音」は、まさに彼女が好む先の先を制する速度の技だ。

魔獣相手では少々心許《こころもと》ないが、相手が人ならこれで充分《じゅうぶん》である。胴体《どうたい》に当てればだいたい死ぬから。即死《そくし》かそうじゃないかくらいの差で。

『内氣』の力を全て速度に回す、ということですか？」

「その辺は個人の感覚によるから、あえて明言は避けるわ。でも考え方はそれでいい。この技の一番の利点は、成功したら音が鳴ることよ。わかりやすくていいでしょ？」

そう言う私の声は、しかし届いていなかった。

すでにリノキスは「雷音」の練習に入っていたから。

どうやら気に入ってくれたようだ。この分なら、一年待たずして習得してくれるだろう。

――こっちはこれでよし、と。

あとは放っておいていい。疲《つか》れ果てるまで修行を続けて、疲れ果てたら勝手に帰ってくるだろう。

この間に、私は王様に会いに行こう。

とっとと厄介事を片付けて、バカンスとしゃれこもうじゃないか。

修行に没頭《ぼっとう》するリノキスを置いて、先に別荘《べっそう》に戻ってきた。

普段《ふだん》は、野外でリノキスが私から離れることなどそうないのだが。

果たして護衛の必要がないと判断したからなのか、それとも技の習得に夢中になっているからなのか……。

まあ、両方かな。

リノキスのしつこさ、いや、職務への真摯《しんし》な姿勢は賞賛に値する。うっかり忘れるなんてことは絶対にない。

今は王族が来ているような、味方しかいないであろう孤島《ことう》にいる。外敵がいる可能性はとてつもなく低いというのもあるのだろう。

多少の外敵がいたところで別に平気だしな。英霊憑きだし。

――何にせよ、リノキスがいないのは好都合である。

「王様」

彼は来た時と同じ場所にいた。

デッキチェアに横たわり優雅《ゆうが》に本を読みふける王様の周りには、誰《だれ》もいない。

離れたところから感じる視線は護衛のものだろう。が、距離《きょり》があるので普通《ふつう》に話す分には聞こえないはずだ。

密談するには丁度いい。

「なんだ。俺《おれ》に構うな」

低く、感情のない声が返ってくる。

ぺらりとページを捲《めく》る音が、妙《みょう》に耳に残る。

「王様に相談したいことがあります」

「子供のつまらん思い付きを聞く時間はない」

「利用できるものはなんでも利用しろと言ったのはあなたです」

「……ほう?」

王様が動いた。

本をテーブルに置き、身を起こし、座ったまま地面に両足を下ろして身体を私に向ける。

確か、名前はヒュレンツ・アルトワール。

アルトワール王国第十四代目の王、だったかな。

まず、ヒルデトーラと同じ、緑色の瞳《ひとみ》に赤い点が打ってあるのが目に付く。

誰もが知る王族の証だと言われているが、実際見ると印象深く感じる。ヒルデトーラもそうだが、本当に変わった目の色である。

だが彼女と違い、王様は眼光鋭く《がんこうするど》、相手の身じろぎ一つさえ見逃すまいと構えているかのようだ。

明るい金髪《きんぱつ》が淡《あわ》く見えるのは、白いものが交じっているから。

年齢《ねんれい》は四十半ばから五十歳くらいのはずなので、白髪《しらが》が出ていても不思議ではない。

髪型《かみがた》は独特で、額で左右に分けて、耳の横で外に跳《は》ねまくっている——もしかしたら公務では外向きに巻いているのかもしれない。

ただ、なんと言えばいいのか……闘気にも似た覇気《はき》、あるいは為政者《いせいしゃ》の威圧《いあつ》感だろうか。名状しがたい力が漲《みなぎ》る表情は、年輪を感じさせながらも精力的かつ端整《たんせい》である。たるみのない顔と身体は三十代でも通りそうだ。

——ふむ、この男は骨がありそうだ。

力のある瞳も、贅沢《ぜいたく》をしていない身体も、どれもがそこらの庶民《しょみん》とは違いすぎる。

父親として、そして人としては褒《ほ》められたものではないのかもしれないが、王としては違う。間違《まちが》っても愚王《ぐおう》ではない。

まあ、精神的には強いかもしれないが、肉体的に強いわけではないので、この距離なら一秒掛からずおやすみさせられるが。

話が想定外の方向へ行って面倒《めんどう》になりそうになったら、しばらく寝《ね》てもらおうかな。

相手が王様であろうとなんであろうと、私にとってはただの青二才。こんなのただの若造である。

「余を利用するか。しかも直訴《じきそ》か。分を弁《わきま》えろ」

そう言った王様の口元は、不敵に笑っていた。

たぶん面白《おもしろ》がっている。言葉ほど拒絶《きょぜつ》はしていないと思う。

それにしても、「余」か。公私で口調を分けるタイプなのだろう。

「バスローブでまとえる権威なんてないでしょう？」

その格好で言っても説得力ないですよ的なことを言うと、王様は鼻を鳴らした。

「ふん、まあいいだろう。つまらん話なら聞かんぞ」

とりあえず付き合ってくれるようなので、遠慮なく話してみよう。

話が長いと飽《あ》きてごねる可能性もあるので、手短に用件を伝える。
・アルトワール王国で一番強い者を決める武闘大会を開きたい。
・一年後を予定している。
・だから力を貸せ。
要約すると、以上の三つである。

「その大会を開催《かいさい》する狙《ねら》いはなんだ？　五つ以上の利点がなくば考えるに値せんぞ」

「え、五つも？」

これはちょっと驚いた。

さすがは為政者と言うべきか。大きな利点が二つ三つあればいいかと思えば、それ以上を求めるのか。

「五つではない。五つ以上だ。……どうやら話はここで終わりのようだな？」

「え？　何が？　もちろん五つ以上ありますが？」

お互いわかっている。

私は今、五つ以上の利点を思いついていないし、王様もそれを見抜《みぬ》いている。

「そうか。では言ってみろ」

だが、これで話が終わりでは、お互いに得るものがないのだ。

――少なくとも、まだ話に付き合っている王様の態度からして、彼《かれ》も乗り気じゃないわけではないのだと思う。

今日会ったばかりの付き合いだが、この男は利や得がない話はしないだろう。

今は特にだ。

大量の仕事をこなしてようやく休日って時に、クソ面倒臭《めんどうくさ》い仕事の話なんてされたら不快感しかない。私の本心はそうだ。こんな話など放り投げてバカンスを楽しみたい。

微塵《みじん》も可能性がないと思えば、話すことをやめるだろう。

だから、今はとにかく、私が必死で五つ以上の利点を捻《ひね》り出す必要があるわけだ。

「――まず、企画《きかく》から関われば如何様《いかよう》にも規則を作ることができる。ならば大きな金銭的利益を生み出すことも可能でしょう」

「一つ、金銭的利益。次は？」

「――この前行われたアルトワール学院の小学部、中学部の武闘《ぶとう》大会は、何度でも再放送されるほど人気の企画となりました。

あの規模であの反響《はんきょう》があるなら、国を挙げての大規模で行われ、更《さら》には魔法映像《マジックビジョン》の撮影《さつえい》と放送があるとなれば、魔晶板《ましょうばん》の売上に大きく貢献《こうけん》することが見込《みこ》めます」

「本当に見込めるのか？」

「出荷数《しゅつか》は少ないですが、これまでの購入者層《こうにゅうしゃ》になかった生徒の親が、魔晶板を購入したという実績があります。

アルトワール王国で一番強い者を決める大会には、きっと多くの者が関心を寄せ、また何度も観《み》たいと思うはずです。つまり魔法映像《マジックビジョン》で大会の再放送を観たいという、新たな層が購入を検討するでしょう」

「二つ、魔法映像《マジックビジョン》の普及《ふきゅう》。次は？」

………………。

まずい。早くもネタが切れた。

「まあまあ、そう急ぐこともないでしょう。落ち着いて話しましょ？　あ、肩揉《かたも》みましょうか？」

「おまえが他国の使者か絶世の美女なら応じたがな。余は子供と談笑《だんしょう》する趣味《しゅみ》はない」

……だろうな。

まあ、あれだ。

どうせ私の本心など知れているだろうから、素直《すなお》に言うか。

「ネタが切れました」

「おい。早すぎないか」

「早いですよね」

私も自分でそう思う。だが仕方ない。こんなことを話すはめになるだなんて考えてもいなかったのだから。

私は頭突《ずつ》き以外で頭を使うのは苦手なんだ。

「これ以上の利と言えば、私が楽しみにしてるくらいしか……あ、王様も楽しみに？」

「――なあ、ニア・リストン。おまえは余を馬鹿にしているだろう？」

王様の鋭《するど》い双眸《そうぼう》から、ただの子供では潰《つぶ》れてしまいそうなほどの圧を感じる。なかなかの眼力である。ただの子供だったらきっと泣いている。

「でも楽しみでしょう？　自分の国で誰が一番強いのか、興味があるでしょう？」

ただの子供なら泣いて臆《おく》するだろうが、私は平気である。いざとなったら首にトンッだ。

「ない。誰が強いだのどうでもいい」

だが王様の返答には、驚愕《きょうがく》の一言だ。耳を疑った。

「え？　なんで？　男は誰だって一度くらいは力や強さを求めるでしょう？　その頃《ころ》の想《おも》いが蘇るでしょう？」

「もう話は終わりでいいのか？　いいならさっさと行け」

え、本当に興味ないのか？　本当に？

信じられない。こんな人間がいるのか。

本当に信じられない思いで、まじまじと王様を見ていると――彼は思いっきり溜息《ためいき》を吐《つ》いた。

「他にあるだろうが。国を挙げての企画となれば他国の客も呼べる。その上でこの国の強者を見せ付けることも大事だが、それより魔法映像《マジックビジョン》を他国に売り出す足掛《あしが》かりになる。きっかけさえあれば友好国と手を結び、他国の番組もこの国で見られるようになるかもしれん。他国への普及活動、これは金銭には代えられない最大の利を生むであろう。無論多額の外貨も入ってくる。飛行皇国ヴァンドルージュの飛行船の技術を調べる機会もできそうだ……それに俺のガキどもの婚姻《こんいん》にも関わってくるだろうな。大規模な大会であればあるほど、アルトワール王国の評判と価値は上がる。立ち回り次第《しだい》では優位に立てるだろう。強さを誇《ほこ》るのであれば、噂《うわさ》を聞きつけて腕《うで》の良い冒険家《ぼうけんか》も流れてくるはずだ。未《いま》だ開拓《かいたく》ができていない浮島《うきしま》を調べ、新たな資源を確保する突破口《とっぱこう》を見つけ出せるかもしれん——と。これくらい言えんのか？」

………。

正直「国を挙げての企画となれば」辺りから、もう話について行けていなかった。よくもまあつらつらと言葉が出るものだ。

「王様ってすごーい。頭いいー。賢王《けんおう》ー」

もう、それだけ言うのが精いっぱいだった。

「おまえやっぱり俺を馬鹿にしているだろう」

なぜだかすごく嫌《いや》な顔をされてしまったが。

なんとも言えない沈黙《ちんもく》が訪《おとず》れたその時。

「お父様！」

別荘からヒルデトーラが走ってきた。どうやら見つかってしまったようだ。

「ニアはまだ六歳《さい》ですよ⁉　私より年下なんですよ⁉　こんな幼児を口説くなんてどんな変態ですか！」

……ん？　なんだかすごい誤解をしていないか？

「誰が口説くか。この国の婚姻は十五歳からと決まっている。俺が口説くのは十五歳からの才気ある美女と美少女だ」

おい王様。否定するのはそこじゃないだろう。

「ガキのくせに王としての俺に物怖《ものお》じせず直訴し、あまつさえ馬鹿にする度胸と胆力《たんりょく》を持つ女だ。見過ごすのは惜しい。優秀《ゆうしゅう》な女は優秀な人材を増やすために、優秀な俺の子を産むべきだ」

――おっと危ない。

反射的に思わず手が出るところだった。パーンと横《よこ》っ面《つら》をやってしまうところだった。というか私以外の子供に言っていたら殴《なぐ》っていたと思う。

なるほどな。

王様の女好きの噂は、次代に優秀な子を残すためのものか。女好きを隠すための方便、というわけでもなさそうだ。

優秀な人材のために。

王様は本気でそう考えているような気がする。何しろ家族にさえ情の薄い男だ、女を抱《だ》くのも王様の務め、とでも思っているんじゃなかろうか。

しかし、だ。

「この人の頭、大丈夫?」

ヒルデトーラを見れば、彼女はこれまで見たことがないほど渋《しぶ》い顔をしていた。

「大丈夫じゃないから会わせたくなかったんです。大丈夫じゃなかったでしょう?」

「うん。大丈夫じゃなかったわね」

そうか、実の子の目から見ても大丈夫じゃないのか。

そりゃヒルデトーラも、父親の話になるとしけた顔をするわけだ。

「……ふん。王の賢慮《けんりょ》は王にしか理解できん」

子供二人に「大丈夫じゃない」と言われた王様は、こちらに背を向けてデッキチェアに横になった。

悲しげな背を見せる中年男の姿は、愛娘《まなむすめ》に邪険《じゃけん》に扱われて拗《す》ねた父親のようである。

……まあそれで間違ってはいないか。あまり愛はないかもしれないが。

「――ニア・リストン」

寂《さび》しそうな背中が語る。

「その手の計画は俺も考えていた。まだ時期が早いとは思うが、やることに否はない。準備さえ揃《そろ》えば今すぐでもやるべきだ」

つまり……大会の企画に協力するは気はある、ということか？

「しかし問題は資金だ。大まかな計算では、少なくとも一億クラムは必要になるだろう」

ほう。一億クラムか。

「い、一億⁉　ニア、これはなんの話ですか⁉」

ヒルデトーラが驚いているのは、それがかなりの大金だからだろう。

しかし実は、私は貨幣《かへい》の価値がよくわからない。

自分で買い物をすることなんてないし、欲《ほ》しいものがあれば貯《た》まりに貯まっている小遣《こづか》いでリノキスが買ってくる。

それにしたって月に一回二回で、学院で使うものが主である。所持金も残金もわからないし、そもそも金に触《さわ》ったことさえない。

「少なく見積もって、だ。俺としては最低でもその十倍は欲しい。もっとあってもいいくらいだ。それだけの金を注《つ》ぎ込《こ》む価値があるし、やるとなれば注ぎ込むべきだ」

十倍。

十億クラムか。……ヒルデトーラがまた驚いているので、相当な大金なのだろう。

「そして開催の時期は再来年……二年後がいい。

一年掛《か》けて下準備をして、残りの一年で国中から出場者を募《つの》り、他国に招待状を送る等の準備期間とする。

——という計画だけは思いつくが、絶望的なまでの資金不足だ。

俺個人が即金《そっきん》で出せるのは五千万クラムがいいところだ。国の支援《しえん》として二億くらいは出せるか……しかし表向きは娯楽《ごらく》の面が強い以上、下々の反感を考えると愚策《ぐさく》に近いな。

成功の道筋は見えるが、確証がない。俺の立場では大きな賭《か》けは打てん」

ふむ。要するに金がいるわけだな。

「ではその一億クラムなり十億クラムなりを用意すれば、実行は可能で、王様も力を貸してくれるんですね？」

「力を貸す？　笑わせるな。資金さえあればどんな手を使ってでも、俺が計画を乗っ取ってやる。他国も関わる以上、俺が仕切るのは当然だろうが」

——面白い。

「じゃあお金だけ用意すればいいわけですね？」

むしろ願ったり叶ったりではないか。

ごちゃごちゃ考えるのは性に合わないのだ、金さえ出せばいいなら話は早い。

どうせ私一人では、金だけあっても、実現できないのだから。

逆に金さえ出せば面倒事を全部引き受けてくれるなら、文句なんてあるわけがない。

しかも約束の相手は国王だ。持ち逃《に》げしようにも絶対に家から離《はな》れられない、国一番の大物である。

ついでにこっそり金を貯めておいて、リストン家の財政難に備えて予備金を作っておくのも悪くない。万が一の時のためにな。

……家のことに関しては魔法映像《マジックビジョン》普及より現金を用意した方が手っ取り早いかもな。

「ヒルデトーラ」

背中を向けたままの王様が娘の名を呼ぶと、娘はそれにも驚いたように「は、はい」と上ずった声を返す。

「俺とニア・リストンの窓口はおまえに任せる。ニア・リストンが俺に用事があると言った時は、何をおいても最優先で俺に直接持ってこい。いいな？」

「……そもそも何の話なんですか？　一億だの十億だの」

「これからそいつが用意する金の話だ。詳《くわ》しくは本人に聞け」

王様はまた読書に戻った。

私とヒルデトーラは離れた場所で、改めて、国で一番強い者を決める武闘大会の企画の話をする。

「ああ……納得《なっとく》しました」

納得したようだ。

ということは、一億だの十億だのという金額は、彼女的にも妥当《だとう》な額なのかもしれない。

……実際どのくらいの額なんだろうか。

「え？　十億クラムの価値？　そうですね……中型飛行船がだいたい一隻《せき》一億ですから、小さな浮島が買えるかも、くらいですわね」

……中型の……それでもいまいちよくわからないな。

「ニア、大丈夫ですか？　十億クラムって、人が生涯《しょうがい》必死で働いても手が届かない金額ですよ？」

うん、まあ、なんだ。

「なんとかなるでしょ」

「ならないですよ⁉　絶対になんともならない金額ですよ⁉」

「二年で十億だから、一年で五億ずつね」

「なぜそんなに軽く考えてるんですか⁉　十億は普通なら一生掛けても稼《かせ》げない額ですよ

!?」

「大丈夫よ。頑張《がんば》るから」

「頑張るという言葉はそんなに万能《ばんのう》じゃないですよ!?」


そろそろ昼食時だろうか。

この島には朝早くに到着《とうちゃく》したので、まだ一日の半分くらいしか終わっていない。

修行《しゅぎょう》を終え、疲れ果てて戻ってきたリノキスと宛《あて》がわれた部屋に戻り、王様と話したことで進行した状況《じょうきょう》を説明する。

「二年で十億？　無理でしょう」

手早くひとっ風呂《ぷろ》浴びて汗《あせ》を流し、いつもの侍女《じじょ》服をまとうリノキスに話すなり「無理だ」と、ヒルデトーラと同じことを言われたが。

「あ、でも、お嬢様《じょうさま》なら本当になんとかなりそうですね」

私が英霊《えいれい》であることに気づいたようだ。

だろう？　どこぞで金になりそうな魔獣でも狩《か》ってくれれば、なんとかなりそうだろ？

予想外にも王様という強力極まりない後《うし》ろ盾《だて》が得られたのだ、これはなんとしても実現させたい。

「稼ぐ路線は確定しているわ」

「路線ですか？」

「魔獣《まじゅう》狩りか、浮島開拓《うきしまかいたく》しかないでしょ」

むしろ手っ取り早く稼ぐにはそれ以外ない。

「まあ、目標が十億クラムですからね。正規の仕事ではどうにもならないでしょう」

そう。

ヒルデトーラは、まともに働いても届かない額だと言っていた。ならば一獲千金《いっかくせんきん》を狙うしかないのだ。

「正直、個人で用立てるのは不可能な金額だと思いますよ。大店《おおだな》とか老舗《しにせ》とか特許とか、大きな商売や利権で稼ぐくらいしか方法がないかと」

そんなものなのか。

しかし、相変わらず十億クラムがどれくらいか、私はよくわかっていないのだが。

「リノキスの給料っていくら？」

「お嬢様、そういうことは不躾《ぶしつけ》に聞くものでは……あ、はい。すみません。リストン家からは月に四十万クラムほどいただいております」

興味本位で聞いているんじゃない、という私の意図が伝わったのか、リノキスはさっさと答える。

「その四十万クラムって、高い方？」

「リストン家の侍女としては高いですね。雇《やと》われた当初は、私はお嬢様の看護も兼《か》ねていたので、業務時間が長かったんです。そのため少し高額になっていました。

ついでに言うと、今はお嬢様のお世話をするために付きっきりで学院に詰《つ》めておりますので、基本給にその分のお手当も出ている形です。よって前も今も同じです」

ふうん……月四十万は高い方なのか。

「庶民の給料はどうなの？」

「さあ……三十万貰《もら》っていれば高い方、みたいな話は聞いたことがありますが。結局業種によって異なりますから、一概《いちがい》には言えません」

ふむ。

ならば一応三十万と想定するとして。

「その収入で計算すると、十億クラムってすごい大金じゃない？」

「すごい大金ですね。常識の範囲《はんい》にない金額だと思います」

……そうか。ヒルデトーラが驚いていた理由が今ようやくわかった。

「ちなみに私の月のお小遣いは、五千クラムよね？」

「学院に入ってからは一万クラムになっています」

へえ、上がってるのか。使い道はないが。……子供の小遣いとして高いのか妥当なのか安いのかは、やはりよくわからないが。

で、だ。

「十億の価値がある魔獣っている？」

知りたいのは二年間で十億クラムを稼ぐ方法で、私の金銭感覚などどうでもいい。可能であればさっさと稼いでしまいたい。

「億単位は知りませんが、数千万クラム台の上級魔獣なら何匹《なんびき》かいるはずですよ」

「なるほど。狙い目ね」

「そう簡単じゃないと思いますけどね……」

高いものは高いなりの理由がある、か。

確かに簡単ではないだろうが、しかし、やるしかないのが現状である。

私が想定していた一年ではなく、王様は二年後と言っていた。

つまり金を用意する期間が伸びたことで、余裕《よゆう》が生まれたと言える。手っ取り早く、かつ計画的に動ければ、きっと十億くらい稼げるだろう。

それに、よくよく考えれば別の面でもプラスと言える。

「ねえリノキス。あなたは私に身も心も捧《ささ》げてくれたのよね？」

いつだったか彼女《かのじょ》はそんなことを言っていた。

聞いた時は全然いらないと思ったが、今は違う。

「……えっ!?　も、もちろんですけど!?」

「じゃあ――ああ服は脱《ぬ》がなくていいわ。脱がないで。脱ぐな。……脱がなくていいって言ったじゃない」

なぜ脱いだ。相変わらず不信感を無遠慮《ぶえんりょ》に煽《あお》ってくれる弟子《でし》である。

「これが私の誠意です」

裸《はだか》が？　なんの誠意？　脱いでどうする？　脱いだ意図はなんだ？

まあいい。

真面目に構うと疲れる。

「あなた、私に貢《みつ》ぎなさい。十億クラムくらい」

「……すみません。私は無理して捻出《ねんしゅつ》してなんとか一千万くらいしか貯金が……わかりました。ギャンブルで増やしてきます……」

「そうじゃなくて」

私は椅子《いす》から立ち上がり、リノキスが脱ぎ散らかした服を集め、ぐいっと突《つ》き返す。

「――私が学院で生活している合間に冒険家になって稼ぎ、名を上げなさい。二年後の武闘大会へ向けての修行でもあるし、もちろん金策でもある。

最強の冒険家がいる、すぐに億単位の稼ぎを打ち出した冒険家が現れた。

そんな風に噂され、一挙一動を注目され、アルトワールだけでなく他国にも名が知られるほどの大物になりなさい。

あなた自身が生きた広告となるの。そして大会を盛り上げて優勝しなさい」

こんなところで裸になってる場合じゃないぞ、弟子よ。

「本来なら私がやりたいけど、今の私では無理だから、弟子のあなたに任せるわ。私の代わりにやって」

「……やるのはいいんですが、お嬢様から離れるのは……お世話もありますし……」

「学院生活の上では、付きっきりのお世話なんて必要ないでしょ？　部屋の掃除《そうじ》や洗濯《せんたく》なら、空いた時間にリネットにしてもらうし。一応寮《りょう》付きの使用人もいるし」

兄の専属侍女リネットは、寮こそ違うがほぼ同じ場所に住んでいると言える。

彼女も兄の授業中などは時間があるだろうから、頼《たの》めばやってくれるだろう。まあやってくれないならくれないで、どうとでもなるだろうしな。

「撮影の時の付き添《そ》いは？」

「いつだって撮影班《さつえいはん》が一緒《いっしょ》なのよ？　必要なら彼らがしてくれるし、そもそも撮影中はあなた暇《ひま》そうじゃない」

「お嬢様の仕事っぷりを見守るという大事なお仕事をしてます！」

うん、そうか。なら大丈夫だな。

「見守らなくていいから稼いできなさい。私のために貢ぎなさい」

「……お嬢様、私……」

服を受け取るリノキスは、どこか憂《うれ》いを含《ふく》みつつ恥《は》ずかしそうに、そして切なそうに眉《まゆ》を寄せる。

「……お嬢様のそういう我儘《わがまま》で強引《ごういん》なところ、好きです……」

ああそう。

恥じらってまで言うことではないと私は思うがね。

——昼食時、私の客間にヒルデトーラがやってきた。

さっきの今なので、込み入った話になると予想したのであろう彼女は、私の部屋に食事を運び込んでここで食べながら話そうと言い出し、私はそれを承諾《しょうだく》した。

一応レリアレッドにも声を掛けたそうだが、引きこもったままだったので諦《あきら》めたらしい。

「それで？　十億クラム、どう調達するつもりですか？」

「それはリノキスに――」

私たちの話し合いは、昼食が終わった後も、長く長く続くのだった。

「これで話すべきことは全て話したかしら」

昼食から始まったヒルデトーラとの話し合いは、夕方近くまで続いた。

さすがは王族と言うべきか、「なんとかなるだろう」と大雑把《おおざっぱ》に片付けていた問題の多くが、ヒルデトーラの助言で片付いた、気がする。

これで、あとはやるだけである。

「魔法映像《マジックビジョン》絡《がら》みのことであるなら、わたくしもぜひ協力したいところですが……」

「別にいいわ。これは私が個人的にやりたいことだから」

「そういうわけにもいきません。……でも、わたくしは出せて五百万クラムがいいところです。十億クラムの目標額には少額すぎます。これでは足しにはならないかと……」

八歳でそれだけ用意できれば大したものだと思うが。

「大丈夫。少額でもお金はお金だから」

「え？　あ、受け取るつもりはあるんですね？」

「王様にも言っておいて。余裕があるなら五千万くれって」

「う、ううん？　……伝えてはおきますけど、出してくれるかどうかはわかりませんからね？」

「大丈夫。王様、出せるって言ってたから」

「それはわたくしも聞いてました。でも最初から無条件で出すという意味ではなく、出せるとしたらというたとえで……まあ、一応伝えておきますけど……」

よし、これで残りは九億三千五百万クラムだな。リノキスも一千万出せるって言っていたしな。私の小遣いも突っ込みたいが、いくらあるかわからないんだよな。

ヒルデトーラと話すことでやるべきこともはっきりしたし、彼女のコネでお金を貯める環境《かんきょう》も整うだろう。

バカンスも大事だが、これからの予定を具体的に考えておかないと。

そして、私自身の準備もしておかないと。


武闘大会の企画が立ち上がった翌日から、私は本格的に行動を開始した。

まず、リノキスは「氣拳・雷音」の修行。

すでに形はできているので、真面目に一週間も訓練すれば、まぐれで出たり出なかったりし始めるだろう。やはり向いている技のせいか、なかなか筋がいい。

その近くで、私も座禅《ざぜん》を組む。

――私も「氣」を……「八氣」をしっかりこの身体に馴染《なじ》ませ、上級魔獣《まじゅう》くらいは楽に狩れるようになっておかないと。

このバカンスで、どれだけ前世の勘《かん》を取り戻《もど》せるだろう。

肉体年齢からして、今以上の修行は早いとは思うが、そうも言っていられない。

できれば、この島にあるというダンジョンにも行って、実戦経験を積みたいが――王族がいる現在、出入り口は厳重に封鎖《ふうさ》されているかもな。万が一がないように。

いっそそっちはもう諦めて、修行に専念した方が有意義かもしれない。

「お嬢様、そろそろ引き上げませんか?」

「先に帰っていいわよ。私はこのまま丸一日の荒行《あらぎょう》だから」

「えっ」

そろそろ私もしたかったのだ。

リノキスが大好きな荒行、私はやれる機会が本当になかったから。

これもまた、バカンスでやりたかった私の予定である。

武闘大会の企画が動き出そうとしている以上、遊ぶ予定は優先順位が下がりそうだ。今後を考えるなら修行しておかねば。

「……お嬢様が帰らないなら、私が帰れるわけないじゃないですか……」

「あら、リノキスも荒行に参加するの？　熱心ね」

「はは……そうですね……」

「あなた荒行好きだものね」

「……ははは……」


バカンス三日目。

「う、うぐ……すみません、お嬢様……」

リノキスがダウンした。

這《は》うようにしてやってきた彼女は、顔色は悪いし、ひどく眠《ねむ》そうで片目が開かず、震《ふる》える筋肉は募った疲労《ひろう》が窺《うかが》える。

昨日、張り切って荒行したせいだ。

限界近くまで振《ふ》り絞《しぼ》ってこなした彼女の肉体は、一晩では回復しきれなかったようだ。

……ちょっと悪いことをしたな。

昨日は久しぶりの荒行で張り切った私に付き合わせたからな。リノキスにはまだ厳しかったのだろう。

「しばらく寝てなさい」

「すみません、午後には、立ち上がれるくらいには、なって……」

「いいから寝てなさい。今日は何もしなくていいから」

「添い寝してくれます？　――ぐふっ」

寝言《ねごと》がうるさいリノキスを寝かせてベッドに放《ほう》り込み、私は部屋を出た。

ここは王族所有の浮島である。当然のように、客間の隣《となり》には使用人用の部屋がある。寮部屋と同じスタイルである。

これがアルトワールの貴人用の形なのだろう。どうせここに呼ばれるゲストだって貴人だろうしな。

それはそれとして。

この別荘《べっそう》にも使用人がいるので、一日くらいリノキスがいなくても問題ない。

私の監視《かんし》という重要な役目があるだろうが、こうなっては仕方ないしな！　ああ仕方ないな、これは残念！　私も見守られたいけど仕方ないよな！

「ふふふ」

窓を大きく取り、たくさんの光が差し込むように設計された廊下《ろうか》。

曇《くも》りなき青空を見ながら、思わず笑ってしまう。

――リノキスがいない時間を得てしまった。予想外にも。

バカンス中に見張りがいないという、この幸運。

自由だぞ。今ならなんでもできるぞ。

この貴重な時間、どうしてくれようか。

……そういえば、この浮島にはダンジョンがあるんだよな？

他意はないけど、場所はどこかな？

他意はないけど、誰《だれ》かに聞いてみようかな？

他意はないけど、ちょっとだけ見に行ってみようかな？

他意はないけど、もし入れるようなら――

「ニア！」

これからの予定に胸を膨《ふく》らませていると、レリアレッドと彼女の侍女が駆《か》け寄ってきた。

どうやら先日の王様ショックから立ち直ったらしく、彼女は元気いっぱいだ。うむ、子供はこうじゃないとな。

「おはよう、レリア」

「おはよう。今血が出る感じの物騒《ぶっそう》なこと考えてたでしょ？　そんな顔してたよ」

会うなりそれか。……彼女は勘がいいというか、人の感情を読むのが得意なのかもしれない。紙芝居《かみしばい》のアイディアも私の顔でバレたしな。

まあ、私がわかりやすい顔をしているのかもしれないが。……そんなに顔に出ているのか？

「別に考えてないけど」

ちょっとダンジョンを見に行きたいな、と思っていただけだ。ついでに中に入って二、三匹《びき》ほどいやらしいオークやふしだらな触手《しょくしゅ》系魔獣を殴殺《おうさつ》したいなーと思っていただけだ。

誰に迷惑《めいわく》を掛けるわけでなし、強《し》いて人に言うほどでもない些細《ささい》なことしか考えていない。血も出ないし。私の血はな。

「ふうん？　まあいいけど。それより朝ご飯食べたら泳ぎに行きましょうよ！　綺麗《きれい》な湖があるんだって！」

湖といえば、一昨日と昨日行ったな。あそこに泳ぎに行くのか。

「いや、私は」

望外の自由時間を得たから、他意はないけどちょっとダンジョンに……。

「付き合いなさいよ。ニア、昨日は朝から夜まで帰ってこなかったじゃない。バカンス中は私とヒルデ様とニアの三人で散々遊ぶって約束したじゃない」

遊ぶ約束……したなぁ。そんな約束。

バカンス行きが決まってから、三人でやりたいことを相談して。やりたいことがたくさんあったから逆に具体的に決まらなくて。

いっそ現地で思いついたことを全部やろう、と。約束した。

……仕方ない、か。

子供と遊びたいわけじゃないが、見守りたいとは思う。レリアレッドもヒルデトーラも孫みたいに見えるからな。可愛《かわい》いのだ。

前世では、武のためにすべてを捨てた。と思う。

だが、今生……ニア・リストンとしての生は、それではいけない気がする。

――私の人生は大したものじゃなかった。

記憶《きおく》はないが、それだけは確信がある。武の頂は思いのほか空虚《くうきょ》で、何もなかったのだろう。だからこれに関しては何も思い出せない。微塵《みじん》もだ。

だからこそ、今度は。

今度こそは大切なものをできるだけ抱《かか》えて生きたい。

……なんて、十歳にも満たないのに生き方を決めるのは早いか。

「わかったわ。泳ぎに行きましょう」

修行は中止か。やれやれ。

せめて思いっきり泳いでやろうかな。

あ、王様がいる。

レリアレッドと食堂へ向かうと、テーブルに王様がいた。またバスローブ姿だ。朝から風呂《ふろ》にでも入ったのかな。

彼《かれ》はもう食事を済ませたようで、空いた皿を前にお茶を楽しんでいる。

無視していいとは言われたが、こうして遭遇《そうぐう》した以上、挨拶《あいさつ》くらいはした方がいいのだろうか。

「おい、ガキども」

迷っていると、向こうから声を掛けてきた。

「森でキノコを採ってこい」

「はい？」

何だ？　キノコ？

「今日の昼食はバーベキューだ。焼いて食うから採ってこい」

それだけ言って、彼は立ち上がり、行ってしまった。

……え？　キノコ？　バーベキュー？

「な、なに……？」

いつの間にか私の後ろに隠《かく》れていたレリアレッドも、王様の意味不明な発言に戸惑《とまど》っていた。

いや、意味はわかるか。

バーベキューで焼くからキノコ採ってこいと、はっきり言っていたから。

「――おはようございます。どうしました？」

しばし立ち尽《つ》くしていると、ヒルデトーラがやってきた。

「今王様が」と私が説明すると、彼女は溜息を吐いた。

「あの人なりの気遣《きづか》いです」

気遣い？　あれが？

「子供の扱《あつか》いを知らない人ですから。でも、あれでもこの島にいる時はもてなしたい気持ちがあるようです。バーベキューはあの人が唯一《ゆいいつ》自分でやりたがる雑用ですから」

あ、そう……。

まあ大丈夫じゃない人だというのは知っているし、真剣《しんけん》に考えない方がいいだろうな。

そういう人だと理解しておこう。

「キノコ採ってこいって言ってたけど」

「言い換《か》えると『一緒にバーベキューやろうぜ。だから食材を集めてこい』ですね」

あ、そう。そうなるんだ。

「じゃあ集めに行きましょうか」

「えー……」

私が言うと、レリアレッドが不満そうな声を漏《も》らす。

「泳ぐのは午後からでもいいじゃない。ねえヒルデ」

「わたくしの父がすみません。少しだけ父の我儘に付き合ってください」

「は、はあ……わかりました」

顔からして不承不承のレリアレッドも頷《うなず》き、私たちは朝から大人の我儘に付き合うことになった。


朝食を終えると、私たちは山菜に詳しい使用人を連れて、近くの森へ向かう。

キノコを探したり。

「あった！」

「レリア、それ毒キノコよ。触るだけで危ないやつね。つまり王族のようなキノコね」

「ちょっと王族に対して棘《とげ》がある発言ですね？　ニア」

木の実や果実を拾ったり。

「これってベリーかな？」

「赤カマキリの卵ね」

「ぎゃー!?」

「普通《ふつう》のレッドベリーですよ」

「……ニア、ちょっと殴らせなさいよ」

いい感じの木の棒を拾ったり。

「ニア、これ見て。これをどう思う？」

「えっと……いい感じの木の棒？」

「いいえ、これは聖剣《せいけん》アローイングラス。闇海《あんかい》の亡神ヴィジキュスを斬《き》り払《はら》った神殺しの剣《けん》なのよ」

「ふうん……」

「白髪《はくはつ》の闇よ消えろ！」

「ぐあああああああああっ！　闇を裂《さ》く光の刃《やいば》に血しぶきが飛んで裂けた腹から臓物が零《こぼ》れ落ちて死ぬぅぅぅぅっぅ！」

「あ、女優出た」

「ニアってノリがいいですね」

野生の小動物を見かけたり。

「あ、見て！　リスがいる！」

「捕《つか》まえる？」

「枝の位置が高すぎますよ。さすがに届かないでしょう」

「これくらいなら問題ないわ。あれも食べられるし、捕まえる？　食べる？」

「……この話はやめておきましょう、ヒルデ様」

「……そうですね。ニアなら本当に捕まえそうですからね」

虫を捕まえたり。

「レリア。そこに虫」

「ぎゃー!?　でかい蜘蛛《くも》！」

「イシガキコケグモですね」

「食べられる？」

「毒はないのでいけるのでは？」

「じゃあこれも採って――」

「やめてよニア！」

「え？　でも食料に」

「ならない！　肉も野菜もちゃんと用意してあるって言ってたでしょ！　無理しないと食べられないものはいらないの！」

「そう？　ぜひレリアに食べてほしかったのに。私はいらないけど」

「ニア、やっぱりちょっと殴《なぐ》らせなさいよ」

「お二人は仲がいいですね」

朝露《あさつゆ》が香る森の散策と採取は、それなりに楽しかった。

はしゃぐ子供たちを見ていると、こう、心が温かくなるというか。

いいな。こういう穏《おだ》やかな時間も。


別荘に戻り、採ってきた食材を使用人に預け、少し休憩《きゅうけい》を取り。

一応水着を着て泳ぐ準備をして、バーベキューをする予定の湖へと向かう。

私とリノキスが修行で使った湖ではなく、別荘のすぐ近くにある湖だ。まあ場所はどうでもいいのだが。

「――おらガキども！　さっさと来い！　肉焼くぞ！」

案内されたそこには、バスローブ姿ではしゃいでいるおっさんがいた。

王様である。

赤ら顔なのは酒が入っているからだろう。いつから始めていたのかはわからないが、すでに結構呑《の》んでいるのではなかろうか。

「お父様、バーベキューの準備はできていますか？」

ヒルデトーラが問うと、彼は傍《かたわ》らに置いたジョッキを呷《あお》って息を吐《は》いた。

「ぷはぁ！　おまえたちを待ってたんだろうが。このアルトワール王を待たせるとは無礼者どもめ。罰《ばつ》として余のこと好きになること！」

完全にバカンス楽しんでるな、この王様。

「はいはい申し訳ありません国王陛下。それでは焼いてください」

投《な》げ槍《やり》な態度の娘《むすめ》に、父は「おう！　肉ばかりではなく野菜も食えよ！」と返した。

そして、焼き始めた。

バーベキューが始まった。

焼く。

食う。

焼く、食う。

青空の下、湖の畔《ほとり》というロケーションで、うまい肉と野菜を食《く》らう。

――こういうのでいい、としみじみ思った。

気取ったレストランも嫌《きら》いではないが、たまにはこれくらいラフな飯もいい。もちろん肉や野菜の下処理もちゃんとしてあるから、ただ単純に焼いているだけ、というわけでもないとは思うが。

それにしても、意外と言うべきか。

それともバーベキューだけはこだわりたい性質なのか。

王様は焼き方で、ひたすら焼いて、時々つまんで、うまそうに酒を呑んでいる。

そして、最初は私たち三人だけだったが、次第《しだい》に使用人たちも参加してきたのだ。もちろん食べる方にだ。

王様が呑みながら焼く肉や野菜を、使用人たちも呑みながら楽しんでいる。いつの間にかレリアレッドの侍女も皿を持っていた。

まあ、悪くない光景だ。

「――うるせぇいいから食え！　呑め！　俺《おれ》が焼くんだよ！」

何度か使用人たちが王様を気遣うが、彼は頑《がん》として鉄板前を譲《ゆず》らない。呑みながら。

……私も酒が欲《ほ》しいなぁ。無遠慮に私の目の前で呑みおって。

この島にいる時の王様は、本当に、国王陛下という役職に就いていないのだろう。

「――あぁ？　貴様、余よりうまく肉が焼けるつもりか？」

その使用人はシェフだぞ、焼けるだろ。余って言うな。玉座で圧を掛《か》けるな。酒を呑むな。はしゃぎすぎだろ。

……やれやれ、目の毒だな。

もう結構食べたし、いつの間にかレリアレッドは木陰《こかげ》で昼寝《ひるね》中だし、ヒルデトーラは使用人たちと釣《つ》りをしているし。

私も何かするか。

……腹ごなしに泳いでみようかな。せっかく水着を着てきたんだし。

「ねえ、銛《もり》ってある？　魚を捕《と》ってくるわ」

その辺にいた別荘の使用人を捕まえて聞いてみた。

釣りをしているということは、湖には魚がいるということだ。実際に釣れているようだし、それも焼いて食べるらしいし。

ならば、ちょっと潜《もぐ》って探してみよう。

「いえ、さすがに……子供に刃物は……」

しかし、使用人は渋《しぶ》った。

……まあ、十歳《さい》にもならないからな。私は。良識のある大人なら渡《わた》さないか。

「じゃあいいわ。泳いでくる」

銛でもあれば色々誤魔化《ごまか》せるが、貸してくれないなら別にいい。

素手《すで》で捕るから。

こっちの方が傷つけずに捕獲できるしな。道具などいらん。

「あ、遠くへ行かないでくださいね。深い場所もダメですよ」

はいはい気を付けますよ。

少しばかり準備運動をして、湖に潜ってみた。

最初は泳げるかどうか少々不安だったが、無意識に憶《おぼ》えていたようだ。いや、泳ぎ方というよりは身体の使い方と言うべきか。まあとにかく問題なさそうだ。

——うむ、綺麗な湖だ。

陽射《ひざ》しで焼けた肌《はだ》に、冷たい水が心地《ここち》いい。透《す》き通った水は見通しがよく、魚らしい影《かげ》が見える。

どうせなら大物を狙《ねら》いところだが、さて。

獲物《えもの》を探しながら、水底に沿ってのんびり遊泳する。

腹ごなしには丁度いいな。水の負荷《ふか》も悪くない。
……ちょっと速く泳いでみようかな。
湖は意外と広いし、深い場所もあるようだ。良識ある使用人たちが私の動向を窺ってい
るので、あまり遠くにはいけない――表向きは。
何、潜水《せんすい》している間に端《はし》まで行くもよし、深い場所の水底を調べるもよし、だ。
要は息継《いきつ》ぎで使用人に無事な姿を見せる時だけ、浅い場所に戻ればいいのだ。さも遠く
にも深部にも行っていないという顔をしてな。
せっかくリノキスがいないのだ。少しばかり羽を伸《の》ばしてもいいだろう。
よし、そうと決まれば――
私は一度息継ぎをするため水面に浮上《ふじょう》し、こちらを見ている使用人たちに手を振って存
在を主張し、もう一度水の中に潜った。
深く潜り、「打氣」で見えない踏《ふ》み台《だい》を作り、それを蹴《け》って進む。
景色が飛ぶ。
視界が巡《めぐ》る。
「氣」による操作で、ただ泳ぐより速く進む。
戯《たわむ》れに魚を追ってみる。

手足による「打氣」で自在に遊泳し、逃《に》げる魚と並んで泳ぐ。その気になれば魚よりも速く動ける。

問題なく掴《つか》んで、捕まえられることを確認《かくにん》して、放流した。

この子供の身体でもそれなりに動けるようだ。

これなら空も舞《ま》える——お？

気が付けば、それなりに深い場所に来ていた。

水の色が濃《こ》い。見通しの利《き》かない藍色《あいいろ》が広がる周囲と、泥《どろ》が沈殿《ちんでん》している水底。泥の奥《おく》に気配を感じて凝視《ぎょうし》していると、そこから大きな影が飛び出した。

巨大《きょだい》な魚だ。

私より大きな魚……いや、この形状はワニか？　ワニっぽいな。……いややっぱり魚か？

そんなことを考えている間に、ワニみたいな巨大魚は大口を開けて、私に迫《せま》っていた。

待ち伏《ぶ》せして狩りをする魚か。

やはり野生の生物の気配断《だ》ちは見事だな。ほとんど感じなかった。

まあ、問題ないが。

水を指で弾く。

ドン！

水中でも響《ひび》く衝撃音《しょうげきおん》が、大きく開けた巨大魚の口に炸裂《さくれつ》した。

鋭《するど》い歯が何本か折れ飛び、身をよじってもがきながら慌《あわ》てて魚は逃げ出す。思わぬ反撃《はんげき》に面食らったのだろう。

さて、大きさは申し分ないが、あれは食えるのか？　私を狙うなら雑食か？　雑食な上に泥の中に潜《ひそ》む魚となると、すぐは食えないよな。少なくとも泥は吐かせないと。

……食えるかどうかわからない魚を捕るより、無難に焼けばうまい魚でも狙った方がよさそうだ。私も焼き魚を食べたい。シンプルに塩を振っただけの焼き魚をな。病床《びょうしょう》にいた頃《ころ》は優《やさ》しい塩味には飽《あ》き飽きしていたが、今はあの味も好きだと言えるしな。

ここは見逃《みのが》すか――と、思った時だった。

「……？」

消えた？

巨大魚は、とっくに深い藍色の中へ逃げ込《こ》んで見えなくなっていたが……問題は姿が見える見えないではない。

気配だ。

巨大魚の気配が、忽然《こつぜん》と消えたのだ。

別の魚に食われたか？　それとも気配を消してまた泥の中に隠れたか？

いや、ないな。そんな動きは感じなかった。

——面白《おもしろ》そうだ。調べてみるか。

一度息継ぎと生存報告のために水面に上がり、再び同じ場所に戻ってきた。

改めて、巨大魚が消えた場所を調べてみる。

恐《おそ》らくこの岩壁《がんぺき》だな。

深い水の底には、大きな岩が積み重なって壁《かべ》のようになった場所があった。巨大魚の気配が消えたのはこの辺のはず。

うーん。

見た感じ不自然なところはない。岩の隙間《すきま》に魚や蟹《かに》などが棲みついているようだが、あの巨大魚が隠れられるほど大きな隙間はないと思う。もちろんあれを捕食《ほしょく》するほど大きな生き物もいない。

……わからんな。

気配が消えたということは、食われたか隠れたかのどちらかで間違《まちが》いないだろう。

食われたとしたら、あれより大きな生き物がいたってことか？　それとも食欲旺盛《おうせい》な小魚の群れとか？　どちらにせよそれっぽいのはいない。

となると、隠れた可能性が高い。だが泥に潜った気配は感じなかったから……。

——理屈《りくつ》で考えれば、やはり、この岩壁のどこかだろうか。

それに気配が消えたということは、違《ちが》う場所へ行った……のか？　どういうことだ？

どれ、もう少し詳《くわ》しく調べてみるか。

岩壁の石に触《ふ》れてみる。特に何もない。

次の石に触れる。何もない。

それを繰《く》り返して一帯を調べていく。

巨大魚の気配を見失った辺りはわかるので、気になる場所を調べるのにそう手間も掛からない——あ。

突《つ》き抜《ぬ》けた。

石に触れたかと思うと、指先に何の抵抗もなく、突き抜けた。

感触はないのに、石の中に腕《うで》が埋《う》まっている。

ふむ、幻影《げんえい》だな。

この石、岩壁の一部にしか見えないが、実体はないようだ。さっきの巨大魚はここに逃げ込んだに違いない。

しかしなんだこれは。誰かの隠《いん》ぺい魔法《まほう》か、それとも……。

——俄然《がぜん》面白くなってきた。

ちょっとした冒険《ぼうけん》が楽しめそうだ。この先に魔獣でもいてくれたら尚良《なお》し、だ。

よし、乗り込む前に息継ぎと生存報告をしておこう。

いいかげん面倒《めんどう》だし息はまだまだ続くが、ちょくちょく水面から顔を出さないと心配をかけてしまうからな。行方《ゆくえ》不明を疑われて大騒《おおさわ》ぎになってしまう。

それが終わったら、即行《そっこう》で乗り込もう。

と、思っていたのだが。

「――お嬢様《じょうさま》ー！　おじょぉぉさまぁぁぁぁ！」

さっきとだいたい同じ場所から顔を出したら、呼ばれた。

リノキスに。

私を発見して大きく手を振っている。……あいつ復帰したのか。私の自由時間はここで終わり、か……。

こんなことなら、もっと強めに寝《ね》かせておけばよかったな。

「――そこ遠いですー！　もっとこっち側で遊んでくださいーー！」

もっともなことを言っているのはわかる。だがこのタイミングでそのセリフは残酷《ざんこく》すぎる。せめて岩壁の謎《なぞ》に気づく前なら、まだよかったのに。

もう諦めるしかない、か……。

――否！

あんな面白そうなものを発見したのに引けるものか！　せめてあの幻影の先くらいは確認しないと気が済まない！

となれば、道は一つだ！

「リノキス！」

私は大声で彼女《かのじょ》を呼び、手招きした。

闇闘技場《やみとうぎじょう》の時に後悔《こうかい》したからな。もう勝手に危険な場所には行かない。リノキスが監視していない時ならともかく、監視している時はなしだ。

ならば、リノキスを連れて行けばいい。

「――今行きます！」

嬉《うれ》しそうに侍女《じじょ》服を脱《ぬ》ぎ散らかして水着姿になったリノキスは、綺麗なフォームで湖に飛び込んだ。

「機会があったら一緒《いっしょ》に泳ぎましょうね！」と一緒に購入《こうにゅう》し持ってきた水着である。彼女も期待して泳ぐ用意をしてきたようだ。

一直線に泳いできたリノキスは、私の肩《かた》に掴まって止まった。

「あんまり泳ぎ上手《うま》くないの？」

いつもの余計な接触《せっしょく》だったら振り払うところだが、今回は事情が違う。

彼女の表情に余裕《よゆう》がなかったからだ。

「は、恥《は》ずかしながら、立ち泳ぎというのができなくて……」

つまり、まっすぐしか泳げない、と。

「というか、お嬢様のこの安定感はなんですか？ まるで足場に立っているみたいに全然浮《う》き沈《しず》みしませんけど……」

ここは深い場所だ。子供の私は当然として、リノキスでも水の底に足が届かない。

「『外氣』で足場を作ってるの。普通に立っている、と解釈《かいしゃく》していいわ」

「え、何それ便利……」

応用で空を駆けることもできるぞ。そういう技術だ。武闘家《ぶとうか》たるもの、空中戦もこなせなければ話にならないからな。

まあ、今のリノキスがどう足掻《あが》いても使えないくらい高度な技術だが。先は長い、頑張《がんば》れよ弟子《でし》。

「それよりリノキス、面白いものを見つけたの。一緒に見に行きましょう」

「え？ 何ですか？」

「それは見てからのお楽しみ」

あの幻影の先は、私も知らないからな。説明のしようがない。

「息を吸って。止めて。そのまま。いい？　じゃあ行くわよ」

リノキスの手を取り――私は水を蹴って水中に潜る。

あまりにも速いせいだろう、繋《つな》いだ手からリノキスの戸惑いが伝わる。

だが、問題の岩壁まで来る頃には慣れたようだ。

私は平気だが、リノキスのために一度水面まで上がり、それからまた問題の場所の前に来た。

幻影の先はわからない。

やはり洞窟《どうくつ》なのだろうか。どれくらいの大きさで、どれくらいの深さなのか。息継ぎできる場所はあるのかないのか。

帰りも考慮《こうりょ》して、慎重《しんちょう》に進まねば。

――まあ、いざとなったら全てを破壊《はかい》してでも地上に出てやるが。

リノキスの手を引いて、幻影をすり抜ける。

途端《とたん》、いろんな気配を感知した。

違う場所に来た、という感じだ。あの幻影は空間を隔《へだ》てる扉《とびら》になっていたようだ。

そこは洞窟だった。大人が立ち上がれないくらいの狭《せま》い岩穴である。

気を付けて泳いでいく。

途中《とちゅう》で、さっき見失った巨大魚を発見した。壁にひっそり張り付いていた。リノキスがびっくりするほど大きい。尾《お》まで入れたら彼女より大きいからな。

奴《やつ》はこれで隠れているつもりだろうか。全然擬態《ぎたい》になっていないが。……こうして見るとナマズっぽいな。

さっきので懲《こ》りたようで、こちらには何の反応も示さない。

狩《か》るつもりはないのでそのまま素通《すどお》りした。

魚より、今はほかの気配だ。

感じる限りでは、あの巨大魚より大きな生物がこの先にいるようだ。

――進む藍色の先が、少し明るくなってきた。

何かありそうだ。

だがここでリノキスが強く手を引いたので、また息継ぎに帰ることにした。

水面に出ると、リノキスが「あそこはなんだ、また行くのか、もうやめないか」とぼやいたが、気にせず再潜水だ。

だって「じゃあ一人で残るか？」と問えば「行く」と言うのだから仕方ない。

再び洞窟を進む。

一度来ているだけに、さっきより進行は速い。あっという間に先の続きのその先へ進む。

と——

「やっぱり」

洞窟の突き当りは急こう配の坂になっていて、その先には空間があった。

ここから先は、ちゃんとした通路だ。

綺麗な石積の壁、床《ゆか》、天井《てんじょう》。今通ってきた湖の洞窟とは違い、どう見ても人の手が入っている。

壁自体がほのかに光を放っているのか、ランプや松明《たいまつ》がなくてもよく見える。

これが明るかった理由か。

「これって……ダンジョンじゃないですか？」

思わぬ場所に出て、呆然《ぼうぜん》としているリノキスが呟《つぶや》く。

「でしょうね」

——ダンジョンに関しては、未《いま》だに詳しいことはわかっていない。

もしここがダンジョンなら、これは自然発生したものである。明らかに人が作ったような通路に見えるが、違うのだ。

　ダンジョンには様々な形があるが――共通しているのは、人が作ったものではない、ということだ。どんなに人の手が入っているように思えても、あくまでも自然の産物なのだ。

　一応、大地が持つ魔力《まりよく》の通り道がダンジョンになる、という説があり、それが一番の有力説らしい。魔力があるところには魔獣《まじゆう》が湧《わ》くものだし、理屈は通っているのかな。

　まあ、小難しい話はいい。

「この島にはダンジョンがあるって話よね？」

「そうでしたね。入り口の大まかな場所は聞いていますが、間違っても水中にあるとは言っていませんでしたよ」

「つまり、ダンジョンが二つあるってこと？」

「もしくは入り口が二つあるとか？」

　どうだろうな。進めばわかるか。

「あ、お嬢様、ダメですよ」

「ちょっとだけ。ちょっと見るだけだから」

「いえ、本当にダメです。もしここが地上にあるダンジョンと繋がっていたら、下手に荒《あ》らすと生態系が狂《くる》ってしまいます」

チッ……まともな理由を。

ダンジョンには魔獣が湧く。

つまり、資源が湧くのだ。

――発見済みのダンジョンは、だいたい管理されている。

マッピングや人の出入りは元より、狩った魔獣の記録を取ったり、魔獣が湧く頻度《ひんど》の統計を残したりするそうだ。あと魔獣同士の共存・敵対関係も観察しているとか。

そこまでやって初めて、魔獣を資源として捉《とら》えることができるらしい。そう授業で習った。

だから、管理されている出入口以外の場所から入った私が、飽くなき渇《かわ》きを血で満たすために勝手にダンジョンを荒らした場合、管理して積み重ねてきたデータが無駄《むだ》になる可能性があるわけだ。

ここは王族所有の浮島《うきしま》である。

下手に荒らしてそれがバレて責任を追及《ついきゅう》されたら、かなりまずい。何せ王族が利用する島で、管理・監視《かんし》外で魔獣が死ぬのだ。

それは外敵の侵入《しんにゅう》か、新たな魔獣の出現と推測されるだろう。そうなれば徹底的《てっていてき》に調べ上げられる。隅《すみ》から隅まで。

そして、私の存在がきっとバレる。バレたら必ず親まで責任を問われる。

とまあ、こんな感じで面倒事に発展するだろう。

……でもなぁ。

「せっかく来たのにこのまま帰るのは無理よ。私もう暴れる気まんまんなんだけど」

「本当にまずいですよ」

「わかってる。でも行きたい！」

「もう。子供みたいな我儘《わがまま》言わないでくださいよ」

子供だからいいだろう、とでも言いたいところだが。リノキスには英霊《えいれい》だってバレてるからな。

「……わかりました。少しだけ進みましょう」

「ほんと!?」

まさか。半ば諦《あきら》めていたのに、リノキスが折れるとは思わなかった。

「ただし、魔獣を殺すのはなしです」

わかっているとも。面倒なことになるからな。

「お嬢様くらい強ければ、殺さなくともどうとでもできるでしょう？」

なるほど、悪くない落としどころだ。

「それでいいわ。――じゃあ急いで踏破《とうは》しましょうか！」

「えっ踏破⁉」

島が小さいのだから、ダンジョンも小規模だろう。

だったら急げばいけそうだ。


タイムトライアル、と言っていいのか。

駆《か》け抜けるダンジョン探索《たんさく》は、割と楽しかった。

「お嬢様！　後ろすごいことになってます！」

「知ってる！」

――背後から迫る、重い足音に急《せ》かされる。

遭遇《そうぐう》して、逃げて。

それを繰り返した結果、二十四ほどの魔獣に追跡《ついせき》されている。

殴り殺すのも楽しいが、逃げ回るのも結構楽しいな。

「リノキス！　角にいるわよ！」

「わかりました！」

通路を曲がると、そこには無駄に逞《たくま》しい肉体を持つ、牛頭《ごず》の怪物《かいぶつ》が立っていた。

待ち伏せだ。

奴は私が視界に入るなり、持っていた棍棒《こんぼう》を振《ふ》り下ろした。

がごん、と強く床を叩《たた》いた衝撃《しょうげき》で床が揺《ゆ》れる。

しかし、紙一重で棍棒を避《さ》けた私は、すでに怪物の横を抜けていた。続いてリノキスも。

「グオァァァ!!」

「ガアッ！　ガアッ!!」

そして、私たちを追ってきていた魔獣たちと相対し、揉《も》め始める。

喧騒《けんそう》はすぐに遠ざかる。

彼《かれ》らが足を止めたとしても、私たちは止まらないからだ。

「――おっと」

踏み込んだ足が、かすかに沈んだ。

どうやら罠《わな》を踏んだようだ。

「飛びなさいリノキス！」

「え……うわ!?」

私は構わず、むしろ加速して走り抜けた。

落とし穴が作動する前に通過し、リノキスは突然《とつぜん》開いた床を飛び越《こ》えた。

「お、お嬢様ぁ⁉　ちょっと速くないですか⁉」

「これでも遅《おそ》いくらいよ！」

　リノキスを置いて行くのはまずいので、何があってもフォローできる距離《きょり》をキープし、彼女に合わせた速度しか出していない。一人だったらもっと速いんだぞ。師を敬え。

　そんな感じで迷路《めいろ》となっているダンジョンを走り回り、時々立ち止まって壁に手をつく。

「……あの、それって何をしているんですか？」

「『氣』を展開して地形を調べているの。簡単に言うとマッピングね」

「そんなこともできるんですか……『氣』って万能《ばんのう》すぎませんか？」

　万能なのは「氣」じゃなくて、それを使う人だ。

「『氣』は人間が持つ基礎《きそ》能力を上げる技術なの。元々人間には方向を察知する感覚があり、空間を把握《はあく》する力もある。それらを強化すればこういうこともできるわけ。

　人間って結構万能なのよ。ただ基礎的な力が低いだけでね」

　そう言いながら、私は周囲の地形を把握する。

「向こうに階段があるみたい。行きましょう」

「は、はい……」

六階層までやってきたところで、階段に留《とど》まり少し休憩を取る。

時間はあまり掛かっていないと思う。

魔獣にもそれなりに遭遇したが、約束通り殺しはしていない。全部避けたり逃げたりしてきた。

「小規模ダンジョンはだいたい五階層から十階層くらいよね？」

「通例では。でもダンジョンは例外が多いですから」

そうか。

帰りの時間を考えると、踏破は諦めた方がよさそうだな。

そろそろ引き上げた方がいいだろう。あまり時間を掛けすぎると別荘《べっそう》の使用人たちが心配する。その結果、親に連絡《れんらく》を入れられるかもしれない。そうなったら今後動きづらくなる。

言ってしまえば、王族所有の浮島で子供が行方不明になりかけた、という事件になってしまうのだ。しかもその時は王様もいた、という状況だ。

後々どんな影響《えいきょう》が出るかわからないので、早めに引き上げるのは確定だ。余計な事件など起こしてはならない。

……一人なら、もっと速く動けたんだがな。リノキスにはもっと鍛《きた》えてもらわねば。

まあいい。

「あと一階下りたら、帰りましょう」

「わかりました。……それにしても、すごい速さでダンジョンを駆け抜けてますね。普通《ふつう》なら、もっとこう、ゆっくり慎重に進むんですが」

「そうなの？」

「私は中学部冒険科卒業ですから。ダンジョンについても学びましたよ。

ダンジョンにはどんな危険があるかわからないから、一歩一歩慎重に進むのが鉄則だそうです。危険に遭遇するのではなく、危険を察知してから対処していくんです」

「ふーん」

「罠とか魔獣とか、危険がいっぱいですからね。……普通なら」

普通なら、な。

「私には関係ないわね」

「そうですね。それでも危険には近づいてほしくないですけど」

気が向いたら善処しよう。

さて。

「休憩はもういい？」

「問題ありません。……それにしても、ダンジョンを踏破して何かあるんですか？　何か探し物ですか？　それとも金目の物を探しているとか？」

まあ、探しているのは正解だが。

「ダンジョンは深部へ行くほど強い魔獣が出るでしょ？」

「なるほど。安定のお嬢様ですね」

安定かどうかは知らないが。まあ、武人の望みなんてこんなものだ。

「そろそろ行きましょうか」

切りよく、この辺の一番強い魔獣をいじめ倒《たお》して、帰ることにしよう。

「ほう」

手早く階段を探して下りると、強い気配を感じた。

ここまでで遭遇した魔獣どもとは一線を画す、強者の気配だ。

「……なんか嫌《いや》な感じしません？」

リノキスも何かしら感じているようだ。

「足の裏を汚《よご》してまで来た甲斐《かい》があったわね」

水場から入ったので、私もリノキスも水着姿である。そして裸足《はだし》である。

「……本当に危険だと思ったら逃げましょうね？」

「ええ」

ここまで来たら、さすがのリノキスも止めないな。彼女は冒険科出身だし、なんだかんだ言っても冒険みたいなのが好きなのだろう。

よし、じゃあ、行くか！

なんだかわくわくしてきた。

少々禍々《まがまが》しいものも感じるし、アンデッド系か？　それとも悪魔《あくま》系か？　邪竜《じゃりゅう》か？　まさか死神⁉　おいおい神はまだ早いぞおい！　神なら全力を出しても勝てないぞ！　私はそれでもいいけどな！

武闘家というものは、死闘《しとう》の最中に成長するものだ。戦えば戦うほど強くなる、というのも嘘《うそ》ではない。実戦経験とは修行《しゅぎょう》では培《つちか》えない要素なのだ。

武人の素養は、死闘の中で磨《みが》かれる。

前世から数えて、私は久しくその経験がない。と思う。強くなりすぎたので相手がいなかったのだ。と思う。

だから楽しみで楽しみで仕方ない。

――で、まあ。

「な、何こいつ……お嬢様、こいつはまずいですよ……！」

リノキスは青ざめた顔で恐れ戦《おのの》くが。

「……はあ」

私はがっかりしていた。

贅沢《ぜいたく》は言わない。下級の神でも、なんなら半神でもよかったのに。

……いや、それでも高望みだったか。

通路に隙間なく詰《つ》まっている、毒々しい半透明《はんとうめい》の赤色。

「スライムの一種ね。見ての通り、かなり命を食らっているようね」

そう、これはスライムだ。

ただのスライムとは言い難《がた》い怨念《おんねん》を感じるが、魔獣としてはメジャーである。

ここまで大きいとなると、たくさんの魔獣を食らってきたのだろう。現に半透明の赤色の中に無数の骨が埋もれている。巨大な頭骨も見える。

生き物を取り込んで、溶《と》かして、己《おのれ》の身体の一部にして大きくなっていったのだ。

「お嬢様、引きましょう。私たちは何も持ってません」

スライムの弱点は、火だ。

しかし私たちは丸腰《まるごし》。しかも水着だ。

「そうね」

せめて強めに殴《なぐ》れる程度に硬《かた》い相手なら、まだよかったのにな。スライムなんて殴っても楽しくない。

あーあ、ここまで来たのにがっかりだ。こんなことなら途中で会った牛頭の怪物でも殴っておけばよかった。あ、帰りに殴るか。

「――あ」

ん？

「お、お嬢様……上……」

上？　……あ。

半透明だけに気づかなかったが、いつの間にかスライムは上から身体を伸ばして、私たちの背後にも広がっていた。

すでに退路を断《た》たれていた。

この状況《じょうきょう》は、すでに呑《の》まれている、という感じか。

前方と背後のスライムがじりじりと迫ってくる。

まあ、それだけの話だ。

「リノキス、帰りましょうか」

「は、はい。私が突破口《とっぱこう》を開くので、お嬢様は後から脱出《だっしゅつ》を」

「え？　何の話？」

「だからここから逃げるための……」

「ええ。それでなぜ私の前に立つの？」

「私が突破口を開くからです！　この状況でぼんやりしないでくださいよ！」

え？　……あ、そうか。

「もしかして自分の身を犠牲《ぎせい》にして突破しよう、みたいに考えてる？」

このスライムは、人体くらいなら平気で溶かすだろう。リノキスは私のために、先行して突っ込んで道を開くと言っているのだ。

——なぜそうなる。

「教えたでしょ？　『外氣』」

「外、氣……あっ、そうか！」

そう、「外氣」だ。

体内から外へ放出する「氣」だ。

つまり、直接何かに触れる必要がない。触れなくとも殴れるわけだ。

「『氣』って奥が深いのよ。人体が秘《ひ》めたあらゆる基礎能力を劇的に伸ばすの。発想次第《しだい》では意外なこともできると思うわ」

私は無造作に手を伸ばし、逃げ道を塞《ふさ》ぐスライムに触れる――直前。

パン、と乾《かわ》いた音を立ててスライムが飛び散った。

水の塊《かたまり》のようなやつなのでダメージは与《あた》えていないが、通るだけならこれで充分《じゅうぶん》だ。

「踏まないように気を付けて」

裸足だからな。欠片《かけら》でも踏んだら火傷《やけど》するぞ。

……あれ？

「リノキス、これなんだと思う？」

飛び散ったスライムの身体である酸性のジェルが、ゆっくりと床を這《は》っていく。この手の魔獣は単純な殴る蹴るではどうにもならない。

まあ武闘家たる者、いつまでも苦手な相手に対策を練らない者などいないが。こういう時は擦火拳《さつかけん》というものが……まあそれはいいか。

「え？　これ、って……卵？」

だよな。

「何かの卵に見えるわよね？」

ジェル状の半液体の中に、黒い粒々がある。大きさは指先くらいか。それが二、三個ずつまとまっている。

スライム本体ほど濃く赤色が見えていれば、注意深く観察しないと色に埋もれて見逃していただろう。実際こうして小さくなったせいで目立った。そうじゃなければ気づかなかったと思う。

そして、なぜ気づいたかと言えば——何気なく見ていた黒い粒々が動いたからだ。

酸性のジェルの中で。

「スライムの中で生きられる生物って何？」

こうしている間もじりじり迫っているスライム本体をよーく見てみると、同じ卵らしきものがたくさん含《ふく》まれているのがわかる。

かなりの数である。数えるのも嫌になるほどだ。

「お嬢様、これはきっと八翁蛙《ヤオガエル》の卵です」

「八翁蛙？」

「はい、八翁蛙の亜種《あしゅ》だと思います。卵の産み方と形が同じですから」

ほう。さすが冒険科出身、詳しいな。

「小型の魔獣で、猛毒《もうどく》を持っているんですが……確か毒のある水辺に産卵《さんらん》し、その毒を持って生まれるんです。

スライムの溶解液《ようかいえき》に耐《た》えられる、という話は聞いたことがないですが。でも八翁蛙は順応性が非常に高いので、ありえないとは言い切れないですね」

なるほど、毒持ちの魔獣か。

「これ、処理しておいた方がよくない？」

酸性のジェルの中で平気ということは、酸に対する耐性《たいせい》があるということ。あるいは同程度の酸に対して特性を持つ生物、ということだ。

どんな魔獣が生まれるかは知らないが、この数の毒持ちが一気に孵《かえ》ったら……それこそダンジョンの生態系に関わるのではなかろうか。

「そうですね……八翁蛙は毒霧《どくぎり》を発生させて、自分たちが住みやすい環境《かんきょう》を作るんです。ダンジョンなんて巨大《きょだい》な密室で毒霧なんて出されると」

「汚染《おせん》されるわね」

空気の流れがない場所である。ここで毒なんて散布されたら、そのまま残る。

いずれダンジョン中に充満《じゅうまん》して、外に漏《も》れ出すだろう。あるいは私たちが入ってきた場所から湖が汚染されるだろうか。

あの綺麗《きれい》な湖が毒に……それは嫌だな。

「……卵が動いているということは、もうすぐ孵るというサインです。本来ならダンジョンの管理者に伝えて任せるべきですが……」

一刻の猶予《ゆうよ》もないかもしれない、と。

「処理していいわね？」

決定的な確認《かくにん》をすると、リノキスは絞《しぼ》り出すように「……仕方ありませんね」と零《こぼ》した。

「根本的な解決になるかはわかりませんが、処理できるならしておきましょうか」

よし来た！　殺しの許可が出た！

根本的な解決と言うと、生みの親がいるんじゃないか、という話だな。そこまでは触れないが、とりあえず目の前の卵だけは処理しようってわけだ。

「あ、スライムは残してくださいね。これはきっと上階との境を塞いでいる存在です。いなくなると魔獣たちの行動範囲《はんい》が変わるので」

その程度のこと、造作もない。

「ちなみに聞くけど」

「はい？」

「どんな風に処理してほしい？　できるだけリノキスのお望みの通りに消してあげる」

「……嬉しそうですね、お嬢様……」

そりゃ嬉しいよ。私が力を振るう機会なんて滅多《めった》にないんだから。

いったん離《はな》れて、飛び散ったスライムが同化するのを待った。

「なるほど、蹴《け》り技ね」

その間にリノキスの要望を聞くと、彼女は「蹴りの技を見たい」と言い出した。

蹴りか。

そうだな、リノキスはどちらかと言うと拳より蹴りの方が上手いんだよな。本人的にも蹴りの方がしっくり来るのかもしれない。

こういう感覚は大事だ。才覚に直結していることが多いから。

「蹴りは威力《いりょく》の調整が難しいのよ。すごく単純に言うと、手は使いやすくて軽い、足は使いづらくて重い、って感じね。実際手や腕の方が、足より器用に動かせるでしょ？」

「そうですね」

普段《ふだん》から道具類を扱《あつか》う手と、普段から自分の身体を支えている足。

筋肉量から筋肉の使い方、筋肉の質まで別物なのだ。同じように扱うのは非常に難しい。

「というわけで、今のリノキスに教えられる足技はない。使いづらいってことはそれだけ習得難易度も高いってことだから。まだ早い」

そもそも「雷音《らいおん》」だってまだ早いのだ。

この上、更《さら》に難しい蹴り技など教えたって習得はできないだろう。段階を踏《ふ》まえない修行は時間を無駄にしてしまう。

――ただ、私くらいになると、応用もできるわけだが。

「だから、足による『雷音』を教えるわ」

「足による雷音……えっ⁉　蹴りで『雷音』ってできるんですか⁉」

リノキスは驚《おどろ》いてくれた。

そうだ、驚け。師匠《ししょう》を敬え。

「だってあれって踏み込みが大事って技ですよね⁉」

そうだ。踏み込みこそが真髄《しんずい》だ。

「蹴りでどうやって踏み込むんですか⁉」

そうだ。そこを疑問に思え。

「それこそ『雷音』を理解し、極《きわ》めること。理解してこそ応用ができるのよ」

要は踏み込みの動作を、違《ちが》う動作で補えばいい。

こういうのを咄嗟《とっさ》に、感覚的に、一度もやったことがない技を実戦で出せるくらいになれば、その技の極みに近づいたと言えるのだ。

「氣拳・雷音」は、「氣」を使った基本的な弱い技。

それだけに、私も何万何十万、もしかしたらそれ以上の桁《けた》で使って磨いてきた技。

私の中で一番極めた技である、とも言えるかもしれない。

――まあ、技に完成なんてないが。だからこそ進化し続けるのだ。

「理屈《りくつ》は教えない。こういうこともできるって憶《おぼ》えておけばいいわ」

ゆるく踏み込み、右足を上げ。

蹴る。

――ドン、という音速を超《こ》える衝撃音《しょうげきおん》とともに、一瞬《いっしゅん》でスライムが消えた。

飛び散って爆散したのだ。

蛙の卵を潰《つぶ》すために、ちょっと気合を入れて蹴っておいた。スライムは戻《もど》るだろうが、中にあった物は衝撃で粉々になったと思う。

そして魔石だけは無傷で残す。高等技術だ。

「ど、どうやって……!? なんでそんなことできるんですか!?」

強く踏む。

その力を拳に伝える。

リノキスが理解している「雷音」の原理はそれで、今の蹴りは根本的に違う。……とでも思ったんだろうな。だから驚き戸《と》惑《まど》っているわけだ。

違うぞ。根本は一緒、何も変えてない。

ただちょっと、手より難しい足を使った分だけ工夫《くふう》した。それだけだ。

――しかし、なんだな。

「やっと師を敬う気になった?」

常々リノキスからは尊敬の念を感じなかったが。

もうはっきり言えば舐《な》められていたが。

これはさすがになんだ、尊敬に値するアレじゃなかろうか。

師とは弟子に尊敬されないと気分が悪くなる生き物なのだ。その辺を理解してほしい。早めに。私の心の安寧《あんねい》のために。

でも強制するのはよくないのだ。

これが微妙《びみょう》な師心というか、親心というか……師の背中を見て察してほしい。そして尊敬してほしいのだ。自分から言うと押《お》しつけがましくて大変よろしくない。美しくない。あと自分で言えば言うほど尊敬とは程遠《ほどとお》くなっていくものなのだ。皮肉なことに。

師は背中で語りたいのだ。

ぜひ背中に書いてある文字を読み解いて、察してほしい。

「それより原理を! どうやったのか教えてください!」

……それより、って言われた。

背中とか尊敬とかどうでもいいとばかりに。

どうやら師として弟子の尊敬を得るのは、まだまだ先のようだ。

――うん、まあいい。

「帰りましょうか」

あんまり言うと小物感まで発生してしまうので、もういい。

………………。

ほんとになんで尊敬しないんだ？　不思議でたまらない。前世では弟子どころか私を知る九割九分の人が私を尊敬していた気がするんだが、なぜだ？　強すぎる弊害《へいがい》か？　これも強すぎるがゆえのアレか？　他はいいとして弟子《でし》にだけは敬われたいのに。

……いや、もう考えまい。

こんな器の小さいことを考えていたって仕方ないし、そろそろ戻らないと心配を掛《か》けてしまう。

――でも、帰りはちょっと荒《あら》っぽくいくかな！　鬱憤《うっぷん》晴らしに！

「お嬢様《じょうさま》！　ちょっと！　手を出すのはちょっと！」

後方を走るリノキスの声は、無視だ。

殺してはいない。

約束通りだ、なんの問題がある。あのスライムでがっかりした分、これくらいの八つ当たりは許せ。尊敬もしないし。

いいから師の背中を見ておけ――そう思いながら、立ち塞がる牛頭の怪物を平手ではたき飛ばした。バチン、と肉が肉を打つ痛い音が耳朶《じだ》を打つ。

吹《ふ》っ飛ばされる牛頭。よろめき通路に座《すわ》り込む奴は、張られた頬《ほお》を押さえて怯《おび》えた目を向けてくる。つぶらで無垢《むく》な被害者《ひがいしゃ》の目だった。被害者面をするな、襲《おそ》おうとしたくせに。

だがそんなものも無視して、私は走る。

道を塞ぐ大狼を蹴散《けち》らして、襲うか退くか迷う大兎を撥《は》ね飛ばして、逃《に》げる長足鳥を追い越しがてら張り倒して。

逃げ惑《まど》う魔獣どもを追いかけるようにして、来た道をひた走る。

もちろん追いかけているわけではない。進む先を奴《やつ》らが走っているだけだ。脇《わき》に行った奴はそのまま無視しているしな。

思ったより楽しい。

来る時は追われたが、どうせならその時もこんな風に魔獣どもを撥ね飛ばして進めば……いや、そうしていたら帰りは魔獣がいなくなっていたかな。

まったく手応えはないが、少しだけ鬱憤は晴れた気がする。


大急ぎでダンジョンを出て、湖を泳いで戻ってきた。

ニアと侍女《じじょ》がどこかへ行った、とちょっとした騒《さわ》ぎになっていたが、まだバーベキューが続行している間に帰れたので大事にはならなかった。

べろんべろんに酔《よ》っぱらった王様はもう寝《ね》ていた、というのも幸運だった。彼が騒いでいたら大惨事になっていたかもしれない。

結果、ヒルデトーラからちょっと小言を貰《もら》っただけで済んだ。


――やれやれ。

「とんだ無駄足《むだあし》だったわね」

ヒルデトーラの説教が終わり、溜息《ためいき》を吐《つ》く。

ダンジョンまで行ったのに、得た物がなかった。

岩壁《がんぺき》の幻影《げんえい》を見つけた時、その先にあったダンジョンを見つけた時。

あの辺がピークだった。

あとは、スライムじゃなくてもっと殴り応えのある魔獣がいてくれたら、という感じだ。

私にとってはメインディッシュだったからな。

まあ、実戦感覚だけは味わえたので、悪くはなかったけどな。だが弟子には舐められていることがはっきりしたので、手放しで楽しかったとも言い切れないが。

「でもお嬢様、結構楽しそうでしたよ？」

うん、まあ。まあな。

リノキスの言葉に、私は頷《うなず》く。

「それなりに楽しかったわ」

あっという間に駆け抜《ぬ》けたが、戦場に出られたからな。

わずかな時間で慌《あわ》ただしかったが、殺意に満ちた場所に行けた。

悪くなかった。

「――あのダンジョンについては内密にお願いしますね。私から出入り口を見つけたことだけ話しておきますので」

リノキスの囁《ささや》きに頷く。

要は「発見はしたけど中には入っていないことにしろ」と言いたいのだ。中に入って何をした、何を見た、荒らしたのか、なんて探《さぐ》られても面倒臭《めんどうくさ》いからな。

結局ダンジョンが二つあるのか、それとも入り口が二つあるのか。いずれ知る時が来るのだろうか。

まあ、昼食後の腹ごなしにはちょうど良い運動になったかな。

それから、約束通りヒルデトーラとレリアレッドと私の三人で水辺で遊んで過ごした。

まあ私は孫を見守るような気持ちだったが。水辺の事故は少なくないからな。

うんうん、見ていてやるから遊ぶといい。深いところに行くなよ。

うんうん、球遊びもして。力尽《ちからつ》きるまで遊びなさい。

うん。

ああそう。

レリアレッドは私を狙《ねら》っているんだな？　何度も何度も投げてきてるな？　ああいいとも。遊んでやるとも。

「――ちょっ！　待った！　ニアが本気で投げるのなし！」

「――大丈夫だって。手加減するから」

「――と言いつつしないパターンですね？　ニアってそういう人ですものね」

いやほんとにするから。

ヒルデトーラは……というか二人とも私をなんだと思っているんだ。

バカンスを一日だけ早めに切り上げ、ヒルデトーラとレリアレッド、ついでに王様を残して、私とリノキスは先に王都に戻ってきた。

それにしても、バカンスの一番の思い出が、昨日のバーベキューになってしまった気がする。

あの王様が酒を呑んで肉を焼いてはしゃいでいたことだけが印象深い……奴のせいでなんとも言えない休日となってしまった。修行とか荒行《あらぎょう》とかしたんだけどな。ダンジョンにも行ったし。

それでも一番印象に残っているのは、王様のことのような気がする。

……いや、まあいい。

いつまでもバカンス気分でいるわけにもいかないし、気持ちを切り替《か》えよう。

もうじき二学期が始まる。

その前に準備をしておきたいので、一日早く戻ってきたのだ。

リノキスと話し合った結果、私が学院生活に戻ると同時に、彼女《かのじょ》は冒険家《ぼうけんか》として活動を開始することになる。

元々リノキスはアルトワール学院中学部の冒険科を卒業しているので、基本的なノウハウは修得している。

冒険家として活動するのは、案外適任なのだ。

「――ここを使うのは構わねぇが、俺《おれ》はもう堅気《かたぎ》だ。揉め事《ごと》は勘弁《かんべん》だぜ？」

まず向かったのは、アンゼルの店「薄明《うすあか》りの影鼠亭《かげねずみてい》」だ。

冒険家として活動するリノキスは、「ニア・リストンの侍女」だと知られると侍女業務に支障が出ると考え、変装の上に偽名《ぎめい》を使う意向を固めた。

そして別人として動く時の拠点《きょてん》の一つが、この店だ。

無事アンゼルの許可も出たので、遠慮《えんりょ》なく使わせてもらおう。

闇闘技場《やみとうぎじょう》の一件で、リノキスと彼らの顔合わせができたのは、却《かえ》って都合がよかった。

「しかし十億クラムとはデカい目標だな」

「そうね。リリーは小さいのに大きいこと考えるわね」

店主アンゼルと従業員フレッサには、私たちがなんのために活動するかは話した。

十億クラムが必要になったから稼《かせ》ぎたい、と。

変装したり偽名を使ったりと一見怪《あや》しげなことをする以上、きちんと事情を話さないと勘繰《かんぐ》られてしまうし、誤解が重なった結果迷惑《めいわく》を掛けてしまうかもしれないから。

ちなみに、武闘《ぶとう》大会のことは話せる段階にないので伝えない。これは十億クラムの使い道であって、結局は金がないと動かせない案件だからな。

「なんなら手伝ってもいいのよ？　分け前は基本的にないけど」

出されたジュースをなめながら言うと、アンゼルには鼻で笑われ、フレッサには誰《だれ》が見てもわかる冷ややかな愛想《あいそ》笑《わら》いを向けられた。

「ただ働きは無理だ。ポリシーに反する」

「同じく。お金には困ってないけど、余裕《よゆう》があるわけでもないから」

そうか。それは残念。

「まあ、どう動くかはリノキスが決めることだから。仲間が欲《ほ》しいなら、分け前のことも含めてリノキスが決めればいいわ」

アンゼルたちの返事は、裏を返せば金さえ出せば動くってことだ。

手を借りたい時もあるだろうし、リノキスがやりやすいようにやればいい。

「――私もたまに参加すると思うから、その時はよろしくね」

話はついたので、これで拠点の心配はなくなった。

リノキスなら多少治安の悪い路地裏でも、特に問題はないだろう。

次は、ヒルデトーラが手紙を書いてくれた商会へ向かう。

王族貴人の覚えもめでたい大店《おおだな》で、ここなら情報面でも換金《かんきん》面でも活動面でも、絶対の信頼《しんらい》がおけると太鼓判《たいこばん》を押してくれた。

その名もセドーニ商会。

名前だけは私も知っていた。リストン領にも支店があるからな。アルトワール王国で一、二を争うほどの大商会だという話だ。

大きい商会だけに、信頼と実績もあるわけだ。

「――いらっしゃいませ、ニア・リストン様」

王都にある本店には初めて来たが、若い店員は私のことを知っていた。まあ大店ほど情報が集まりそうなので、さすがに魔法映像《マジックビジョン》も購入《こうにゅう》しているのだろう。

「責任者に会いたいの。これが紹介状《しょうかいじょう》です」

「お預かりします――しばしお待ちを」

手紙を受け取るなり、若い店員は奥《おく》へ消えて……すぐに戻ってきた。

「こちらへどうぞ」

そしてすぐに応接間へと通された。

さすがは王族の紹介状。話が早い。

そんなこんなで王都中を巡《めぐ》っていると、あっという間に残り少ない夏休みが通り過ぎて行った。

今日から二学期である。

……四十日近い長期休暇《きゅうか》とはいったい……仕事ばかりしていた夏休みだったな。

「ではお嬢様、お気を付けて」

「リノキス、あなたも気を付けてね」

寮《りょう》部屋の中で見送るリノキスに、私も同じ言葉を返す。

私はこれから校舎へ行く。

気を付けるようなことはまずないと思うが、しかしリノキスは違う。

これから彼女は学院から出て、冒険家としてデビューし、稼いでくる予定だ。

狙う魔獣《まじゅう》も決まっているし、魔獣が棲《す》む浮島《うきしま》へ向かう飛行船と冒険の準備も、もう済ませてある。

日程は、三日から六日。

次にリノキスと会うのは数日後である。

リノキスはまだ「雷音」を習得していないが、未完成の「雷音」でもそれなりに威力がある。標的に選んだ魔獣くらいなら心配はいらないだろう。

狙う獲物《えもの》は強羅亀《ごうらかめ》。

やたら硬いと評判の魔獣だが、まあ問題ないだろう。

生物とは内臓が弱いもの。外殻《がいかく》が硬い生物ほど、強く中身を守っているのだ。衝撃《しょうげき》が内部に通れば案外簡単に仕留められるものだからな。

――一回の冒険でどれだけ稼げるかの調査も兼《か》ねているので、この一回目は非常に大事な布石となる。

初回の冒険は、今後の金策の基準と指針になるだろう。

二年で十億である。

選択肢《せんたくし》なんてない。

迷う余地などない、やるしかないのだ。

そんな小学部一年生の二学期が始まる。

だいたいの予想や予測は立てたつもりだった。

だがそれらに反して、リノキスが不在となることで予想外に動き出す者が現れた。

はっきり言って誤算である。

「ニアお嬢様。私にも稽古《けいこ》を付けていただけませんか？」

授業が終わり寮に戻ると、彼女はまだそこにいて、私の帰りを待っていた。

兄専属侍女リネットだ。

リノキス不在の間、私の身の回りの世話をするよう頼《たの》んでいた彼女が、そんなことを言い出した。

確かリノキスと彼女は同級生で、学院にいた頃《ころ》は同じ冒険科でパーティーを組むこともあったらしい。

二人とも二年前からリストン家に雇《やと》われている侍女だ。しかし職務形態からして二人は滅多に会えず、話をする機会もなかったそうだ。

再び交流が始まったのは、私が学院に入り寮生活《りょうせいかつ》になってからだ。私や兄がいない時間に会ってまた話をするようになったとか。きっとお茶しているのだろう。

ちなみにリノキスとリネットは、レリアレッドの侍女エスエラとも会っていて、三人とも仲良くなったらしい。

初対面の頃のリノキスとエスエラは仲が悪そうだったが……まあ、ほぼ同じ場所に住んでいて何くれと顔を合わせていれば、関係も変わるよな。

私が知らない間に、使用人同士で情報交換《こうかん》するコミュニティが出来上がっていたわけだ。

「稽古？　なんの？」

「――二年前、お屋敷《やしき》で見た時からお嬢様には注目しております。木剣《ぼっけん》で木剣を斬《き》ろうとした、あの時から」

木剣で木剣を……？

ああ、あれか。

まだ病気で不自由していた時に、兄の剣術《けんじゅつ》訓練に割《わ》り込んで見せたあれか。そういえばリノキスもあれが好きだったな。何度か見せろとせがまれたっけ。

「随分《ずいぶん》と古い話を持ち出して来たわね」

今ではこんなに元気だが、あの頃は弱り切っていたこの身体に意識を向けていたので、いまいち他所事の印象が薄《うす》い。

毎日が精一杯《せいいっぱい》だったからな。

「私は構わないけれど、あなたの時間がないんじゃない？」

リネットは兄の護衛も兼ねている。将来のリストン家当主の安全が保てるなら、彼女が強くなるのは歓迎《かんげい》する。

だが、時間の問題がある。

リノキスは私付きだったから、まだ時間の捻出《ねんしゅつ》が簡単だった。なんなら私が彼女に合わせれば済むところもあった。

しかし、リネットはそもそも付いている相手が違うのだ。

「ニール様は毎日遅《おそ》く帰りますし、かなり早めにおやすみになります。それ以降の夜なら、少し時間が取れますので」

少し、か。

「それに、私もリノキスに頼まれていますので。その方が都合がいいのです」

「リノキスに？」

「はい。お嬢様が宿題をするのをちゃんと見届けてほしい、と」

………………。

「それと、お嬢様が魔法映像《マジックビジョン》で有害映像を観《み》ないように見張れ、とも言われています。あと夜間は私が魔晶板《ましょうばん》を預かり、持っていきますので」

…………。

「お嬢様が宿題をしている間、私は稽古をする。どうでしょうか？」

…………。

リノキスめ！　私が密《ひそ》かに楽しみにしていた全てを台無しにしてくれたな！

……いや、まあ、仕方ない。

師の命令で弟子が頑張《がんば》っているのに、私が頑張らないわけにもいかない。約束事や規則くらいは私も守ろうじゃないか。

学院から出ない、ちゃんと宿題をする、予習復習も忘れない、毎日風呂《ふろ》に入る、夜更《よふ》かししない、禁止されている番組は観ない、毎朝髪《かみ》を梳《す》くのが面倒《めんどう》ならせめて結ぶ。

そして、困った時はレリアレッドの侍女に話を通してあるから彼女を頼《たよ》れ、と。

リネットは兄と一緒《いっしょ》に貴人用男子寮《だんしりょう》住まいなので、距離《きょり》もあるし、夜間などは呼べない時もあるから。

思い返すと、結構約束しているものである。はいはいと流したら何度も念押《ねんお》ししてきたから、なんとなく憶えてしまった。

──わかった。私は全部守るぞ、リノキス。

「それでいいわ。どうせ私の監視《かんし》も兼ねているんでしょう？　可能な限り傍《そば》にいなさい」

私には「脱走《だっそう》して闇闘技場へ行った」という前科があるので、リノキスの心配と警戒《けいかい》が尽《つ》きることはないだろう。

まあ兄の生活に障《さわ》らない程度に、好きなだけ見張っていればいい。

それに、ちょっと思いついたことがある。

「リネットはアレよね？　兄の侍女で、つまりリストン家の味方ということでいいのよね？」

「もちろんです」

「もし仮に、仮によ？　兄に十億クラム貢《みつ》いでくれって言われたら、あなたはどうする？」

「可能か不可能かは別として、最大限貢ぎます」

──合格。

躊躇《ちゅうちょ》なく答える辺り、リネットからもリノキス張りの不信感を覚える。

疑問も質問も口にしない辺りと、視線が動かず表情も変わらず感情さえ微塵《みじん》も揺《ゆ》れない態度に、兄に対する言い知れない盲信《もうしん》を感じる。

ならば、彼女は大丈夫だろう。

この先の諸々《もろもろ》で、私が英霊《えいれい》であることがバレるかもしれないが、彼女にはバレても大丈夫だ。兄に何かない限り、特に気にしないだろう。

もうこの際、私に拘《かか》わる者は皆《みな》、私に十億クラム貢がせる者として鍛《きた》えようではないか。

手伝いは何人いてもいいし、拒《こば》む理由もない。

十億の件は、突《つ》き詰《つ》めればリストン家の財政問題だ。これをどうにかしないといけない。

そのためには多少のことには目を瞑《つぶ》ろう。

よし、そうと決まれば、真っ先に目を付けて然《しか》るべきガンドルフも巻き込んでしまおう。

そうだ、この部屋ではちょっと狭《せま》いので、修行《しゅぎょう》場所として天破流のあの道場も貸してもらうとするか。

「――もちろんですとも！　隅《すみ》から隅まで師がご自由に使っていただきたい！」

次の日の放課後。

リネット同伴《どうはん》で天破流道場を訪ね、ガンドルフに「修行するからここを貸してくれ」と場所の提供を求めると、二つ返事どころか自ら差し出すような勢いで承諾《しょうだく》してくれた。

「よしみんな！　今日は稽古はなしだから帰れ！」

「いや待って」

今道場にいる子を追い出そうとするな。夜だけでいいから。今はその子たちの面倒を見なさい。

「そのついでで、本当についでていいので、なんとなく気が向いたら俺の修行も……どうか……！」

「いいとも。必ず強くなれる実戦形式で、手取り足取り実に簡単に強くなれる方法で教えようではないか」

「おお、おお……師よ……！」

——この身体だ、ガンドルフは荷物持ちにちょうどいい。浮島に魔獣狩《まじゅうが》りに行った際は、彼《かれ》には仕留めた魔獣を運んでもらおう。

荷物持ちを主体に、ついでに強くなってくれれば、強くなった分だけ丸儲《まるもう》けである。もちろん彼にとっても悪い話じゃないだろう。荷物持ちの報酬《ほうしゅう》で強くなれると思えば。

……実際、下地はしっかりできているんだよな。少し鍛えるだけで戦力になりそうだ。

「あの、何か……？」

ガンドルフの身体を触《さわ》って確かめる。

うーん……この腕《うで》の太さ、太腿《ふともも》のガチガチさ……岩のように硬《かた》い筋肉の塊《かたまり》だ。速度はまったく出そうにないが、これはこれで悪くないな。

リノキスのような速度重視のタイプには弱いだろうが、それも鍛え方次第《しだい》で……うむ、ガンドルフは化けるかもしれん。

来る二年後の大会に向けて、強い者はいくらいたっていいのだ。むしろいた方が盛り上がるだろう。

リノキスに勝ってほしいと思うのは変わらないが、対抗馬《たいこうば》がいないと見る方もつまらないし、リノキスも鍛える張り合いがないだろうからな。

勝負事は接戦が熱い。死闘《しとう》こそが武の華《はな》だ。

「鍛え甲斐《がい》がありそうだなと思って」

「は、はい！　どんな苦行も荒行も耐《た》え抜く所存です！」

うん、がんばってほしい。

こうして兄の侍女リネットと、本当に天破流を捨て去りそうなガンドルフという頼もしい人材を得た。

シルヴァー家三女リリミと、二学期になってからも相変わらず立ち合い稽古を求めてくる中学部サノウィル・バドル辺りも、こっちに引き込めそうな感じであるが、ひとまず様子見だ。さすがに学生に手伝わせるのは気が引ける。

だが迷いはある。

稼ぎ頭《がしら》が増えれば、十億クラムも夢ではないはず。

リノキスは今、リノキスにしかできないことをしている。だから私も、私にしかできないことをしようと思う。

そう、リノキスに続く強者を、この手で育てるのだ。

私の代わりに稼がせるために。

貢がせるために。

◆

「――さて、と」

学院から出たリノキスは、まず今後の拠点となるアパートメントにやってきた。

セドーニ商会に用意してもらった住居である。

メインストリートから大きく逸《そ》れた、ちょっと雑多な住宅街。

スラムのないアルトワールでは、一般的《いっぱんてき》な低価格帯の居住地である。駆《か》け出しの冒険家には少し贅沢《ぜいたく》かもしれない。

ここには、事前に最低限必要な物を運《はこ》び込んである。

剣《けん》、ナイフ、革鎧《かわよろい》、ロープやランプといった基本的な道具類。着替《きが》えが数点。ベッドやテーブルなどの家具は備え付けだが、あまり使用する機会はなさそうだ。

必要な物しかないだけに、部屋主の趣味嗜好《しゅみしこう》が見えない。生活感があるようでほとんどない。

冒険家の部屋ではあるが、どんな冒険家かはわからない。そんな感じだ。

ここから始まるわけだ。

中学部冒険科を卒業してから、二年越《ご》しの冒険家活動が。

まさかこんな形で冒険家になるとはな、と思いつつ、リノキスは武具の点検を始めた。

「――リノキスさん、いる？」

ほどなく待ち人が来た。

ノックの音に「どうぞ」と応えると、ドアが開く。

そこにいたのは、最近売れ始めた新人女優シャロ・ホワイトだ。着飾《きかざ》っていない普段着《ふだんぎ》だけに普通《ふつう》の少女に見える。女優オーラなしだ。

「お呼び立てしてすみません、シャロさん。中へどうぞ」

「あ、うん。……リノキスさんの私服姿ってなんか新鮮《しんせん》だね」

いつもはニアの付き添《そ》いで使用人服を着ているからだ。

シャロともそれなりに面識はあるが、リノキスが公私の私の部分を見せたのは、これが初めてである。使用人オーラなしだ。

「それにしても本当に引っ越してきたんだ」

シャロとの再会は偶然《ぐうぜん》である。

セドーニ商会に用意してもらったアパートメントに、シャロが住んでいたのだ。先日、荷物を運び込むために出入りしている時に、彼女とばったり会ったのだ。

その時はお互《たが》い驚《おどろ》いたものだ。

「副業になるんだっけ？」

「ええ。どうしてもお金が必要になってしまいまして」

ばったり会ってしまったシャロに、リノキスは事情を説明した。

彼女は、リノキスがニアと一緒に学院で寮生活をしていることを知っている。少し迷ったが、そもそも迷う理由がないことに気づいたリノキスは、ここにいる理由を告げた。

曰《いわ》く、「お金が必要になったので副業で冒険家を始めて稼ぐつもりだ。このことはニアも知っている」と。

そう説明し、納得《なっとく》させた。

話したところで何の問題もないのだ。何せ本当にニアの許可が出ているのだから。まあ、さすがにリストン家当主にバレるのは怖《こわ》いが……でもニアの命令が最優先だ。

これに関しては、突き詰めればリストン家のためでもあるのでリノキスも納得している。ニアが十億を求める理由も魔法映像《マジックビジョン》普及《ふきゅう》のため。つまりリストン家のためだ。

隠《かく》していることはあるが、実務的には十割事実なので、シャロに話しても問題ない。金の使い道さえ黙《だま》っていればいい。

それより――

「リノキスさんから貰ったお金で一通り準備したけど、これはあんまり良いブランドじゃないからね。汗《あせ》とか雨とかで簡単に落ちちゃうから。練習用と割り切って使うといいよ」

「へえ」

「魔法薬を使用した物もあるんだ。解除薬がないと落ちないくらい強力だけど、高いんだよねぇ。貴人専用ってくらいに」

「……」

場合によってはそれも必要かもな、とリノキスは思案する。

「――じゃあ早速《さっそく》始めようか」

いそいそとシャロがテーブルに広げたのは、化粧《けしょう》道具一式だ。

これからリノキスは、「第四階級貴人リストン家の侍女」ではなく「駆け出しの冒険家」として活動する。

どちらの仕事にも支障が出ないよう、別人として振《ふ》る舞《ま》うつもりだ。

ゆえに、変装は必須《ひっす》である。

服装は当然として、化粧による変装も習得しておきたい——と思《おも》い悩《なや》んでいた時に、この舞台《ぶたい》女優と再会したわけだ。

事情を説明したのも、女優仕込《じこ》みのメイク術を教えてもらうため、という側面もあった。

リノキスも基本的な化粧はできるが、あくまでも基本的なものだけ。そんなに上手《うま》くはない。

そういうわけで、シャロとは今日会う約束をしていた。

化粧を教えてほしい、と。

「リノキスさん、美人になろっか?」

にこりと笑うシャロ。

「お手柔《てやわ》らかにお願いします。あまり時間がないので、簡単に印象が変わるようなメイクで構いません」

美人とかはどうでもいい。とにかく変装できればそれで——

「は?　美人になるまでやってもらうけど?」

シャロはにこりと笑ったまま低い声を漏《も》らした。

「メイクは女の武器であり防具だから。中途半端《ちゅうとはんぱ》な出来栄《ば》えじゃ役に立たないどころかむしろマイナスだわ。舐《な》められるだけ。やらない方がマシ。だから、やるなら絶対に美人にするし、やり方も憶《おぼ》えてもらうから」

その眼力と、腹から出ている力強い声。

彼女の本気に、少し気圧《けお》された。


「……はあ」

大変だった。

時間はそんなに経《た》っていないが、非常に密度の濃《こ》い時間を過ごした気がする。

まず、シャロは説明しながらリノキスにメイクを施《ほどこ》した。

リノキスも簡単なメイクだったらできるが、シャロのメイク術は念入りだ。細かく正確で、しかも早い。その上しゃべりながらでも平気でこなす。

彼女の手に掛かると、あっという間に顔が明るくなって印象が変わり、別人のようになってしまった。

鏡を見て「こ、これが私……!?」と自分の美しさに驚く、というお約束も果たした。

そこまではいい。

問題はその後だ。

今度は自分でやる番だ。毎回シャロを呼んで頼むわけにもいかないので、己《おのれ》が習得しないと意味がないのだ。そうじゃないと化粧崩《けしょうくず》れさえ直せない。

自分の面影《おもかげ》を残すだけの美人を、自分で再現する。

これがとにかく大変だった。

何度も何度も失敗し、やり直し、ようやくシャロの合格点が貰えた。

「要は慣れだよ。慣れたらパパッとできるようになるよ。まあその辺はリノキスさん次第《しだい》だけど、この私が教えたんだから美人以外になるなんて許さないからね」

だそうだ。

「それにしても、普段《ふだん》のリノキスさんは手を抜きすぎだよ。スタイルいいから絶対にメイク映《ば》えすると思ってたけど、これはなかなかだわ」

だそうだ。

今のところ色恋《いろこい》に興味がないので、美人どうこうなどどうでもいいのだが。

まあ、シャロの気が済んだのなら、これでいいことにする。

とにかく疲《つか》れたが――まだ昼だ。

朝からやっていたメイクの練習だが、リノキスの活動はこれからが本番である。

すでにちょっと疲れてしまったが、これから冒険家ギルドに行って登録して、出稼《でかせ》ぎに行くのだ。

セドーニ商会に飛行船の準備もしてもらっているし、行き先も決まっている。

「――え、ほんと？　じゃあご馳走《ちそう》になろうかな」

メイクを教えてくれた礼にシャロに昼食をおごり、ついでに彼女の勧《すす》めで何点か髪留《かみど》めを購入した。

変装するなら髪型《かみがた》も変えろ、だそうだ。

舞台でいろんな人に扮《ふん》する女優らしいアドバイスである。

アルバイトに行くというシャロと別れ、部屋に戻《もど》ってきた。

そして、着替《きが》える。

「よし」

厚手の服に、要所しかない革鎧。腰《こし》にはショートソード。

実に心細い装備を整えて、あっという間に典型的な駆け出し冒険家の完成である。

「……重い」

ニアに弟子《でし》入りしてから徒手空拳《としゅくうけん》に切り替えたリノキスには、もう剣が邪魔《じゃま》に感じてしまう。学院にいた頃は毎日のように振っていたのに。

まあ、現地で外せばいいだろう。

手早く準備を終え、数日分の荷物を持って部屋を出た。

メインストリートを横切り、一本だけ脇道《わきみち》に入ったそこに、古めかしい看板を掲《かか》げた大きな建物がある。

冒険家ギルドだ。

――学院中学部にいた頃は、ここに来るのが夢だった。

リノキスは冒険家になりたかった。

だから中学部の冒険科に入り、そこで勉強したのだ。

リストン家に雇われたのは卒業してすぐだ。冒険家として活動するための支度金《したくきん》を用意するべく、給料のいい住《す》み込みの仕事として応募《おうぼ》し、見事に採用された。

業務内容は使用人の仕事全般《ぜんぱん》と、病に臥《ふ》し今にも亡《な》くなりそうな子供の面倒を見ること。

一日の拘束《こうそく》時間が長いゆえに給料がよく、リノキスは仕事と割り切ってやるつもりで勤めた。

そして、なんだかんだあって今に至る。

冒険家になりたかった当時の気持ちは、今はあまりない。

——ニアの傍にいる方が楽しい、これでいいかも、と考えてしまったから。

何より、ニアの面倒を見ることそのものが、冒険に思えることが多々あったから。

未知の技術である魔法映像《マジックビジョン》を中心に、よく知らない仕事、今まで縁《えん》がなかった人や場所、事柄《ことがら》。それらに触《ふ》れることはとても刺激的《しげきてき》で、それこそ冒険のようだった。

まあ、今更《いまさら》なんでもいいのだ。

ニアがこれから何をするのか、どこまで行くのか。彼女のやることなすことが気になるので、傍で見ていたいと思っている。

そのニアが求めるから冒険家になる。今のリノキスはそれでいい。

「——いらっしゃいませ」

気負いなくドアを開けてギルドに踏《ふ》み込むと、受付嬢《うけつけじょう》が歓迎してくれた。

「……」

入ってすぐ、サロンのようになっている広間には四つのテーブルがある。そこにいる、いかにも冒険家という連中が無遠慮《ぶえんりょ》な視線を向けてくる。

だがそれだけだ。動く者はいない。

どの国も昔の冒険家ギルドは殺伐《さつばつ》としていたようだが、この時代は随分明るい雰囲気《ふんいき》になったらしい。それも「平和ボケ」と称《しょう》されるアルトワールでは特に。

よその国では、今でもチンピラ同然の冒険家が出入りし、目が合えばケンカが始まるような荒《あら》くれ者の巣窟《そうくつ》なんだとか。まあ、どこの世界でも華々《はなばな》しく活躍《かつやく》する者もいれば、どん底で腐《くさ》っている者もいるだろう。

冒険家は、大きく分けて二種類が存在する。

片方は狩《か》りをメインに活動する狩猟《しゅりょう》型。

もう片方は、未開の浮島を調べる調査・探索《たんさく》型。

両方を同時にこなすのは効率が悪いので、どちらかに比重を置いて活動するのがこの時代のトレンドだ。

「登録をしたいんだけど」

いくつか並ぶ受付カウンターの中、歓迎してくれた女性に用件を告げる。

三十歳《さい》くらいの女性だ。ニコニコと愛想《あいそ》がいいが、ちょっと油断のならない気配を感じる。たぶん彼女も元冒険家で、荒事《あらごと》に慣れているのだろう。

「はいはい、こちらの書類に記入してね。仲間はいる？　よかったら紹介《しょうかい》しようか？」

「いえ、いいわ。慣れるまでは一人で活動するつもり」

さらさらと記入しつつ答える。

「――そうね。あなたなら一人で平気よね」

「……？」

「強いね」

リノキスが顔を上げると、彼女《かのじょ》は不敵にニヤリと笑う。

今度は愛想笑いではない。

「新人レベルじゃないし、堅気《かたぎ》の雰囲気でもない。どこから来たの？　よその国？」

そんな風に見えるのか、とリノキスは内心首を傾《かし》げる。

いや、まあ。

確かにニアに弟子入りしてからは、格段に強くなったとは思う。でも比較《ひかく》対象がニアしかいなかったので、あまり伸《の》びている実感はない。

あと、間違《まちが》いなく堅気だ。本業はリストン家ご息女の専属侍女《じじょ》である。

「これでいい？」

質問には答えず、書類を差し出す。

「話したくない？　まあいいけど。

えーと……リーノさん、ね。冒険家《ぼうけんか》ギルドへようこそ、リーノさん」

偽名《ぎめい》リーノで登録し、諸注意を聞き、登録料を払《はら》い、冒険家証明カードを受け取る。

これで晴れて冒険家だ。

――世界に名を馳《は》せる冒険家リーノは、こうして呆気《あっけ》なく誕生した。

これからの予定は決まっているが、冒険家らしくボードを見てみる。

「ふうん」

ここに依頼《いらい》や仕事の書類が貼り出され、それを請《う》け負って冒険家は働くのである。

大体が特定魔獣の狩猟か、未開地への遠征《えんせい》だ。

面白《おもしろ》いもので犬猫《いぬねこ》探しや地下水道の幽霊《ゆうれい》探し、個人の身辺調査と警護、試作飛行船の試乗（危険手当あり）。胡散臭《うさんくさ》いもので魔法薬の治験、借金の取り立てなんてものもある。

気になる依頼もあるが、すでに予定は決まっている。きっと今後もボードから依頼を探すことはないだろう。

リノキスの活動は、あくまでも金策である。

そして短期間で稼《かせ》ぐなら狩猟一択《たく》だ。

「――ようルーキー、何の仕事探してるんだ？」

振り返ると、一つ二つ年上だろう少々薄汚《うすよご》れた冒険家の男。……軽薄《けいはく》そうだが邪気《じゃき》はないので、無視はやめておく。

侍女の仕事中もしくはプライベートの時間なら無視して終わりだが。ニアに近づいたら排除《はいじょ》だが。

今のリノキスは、冒険家リーノだから。

「狩《か》る獲物はもう決まってるの。他にどんな依頼があるか見てただけ」

「へえ。何狙《ねら》うんだ？」

「亀《かめ》」

亀――アルトワールの冒険家で亀と言えば、強羅《ごうら》亀《かめ》のことである。

「あれか。狩り方知ってんのか？　ありゃルーキー向きじゃねえぜ？」

強羅《ごうら》亀《かめ》といえば、硬くて重くて戦いづらい魔獣だ。強くはないが、とにかくしぶといのだ。

狩り方を知らないルーキーではまず歯が立たないだろう。

「それよりどうだ？　俺《おれ》たちと一緒にビーバー狙いに行かねえか？　もうすぐ飛行船の時間なんだ」

「悪いけどパス。先約があるから」

ビーバー――岩食い海狸《かいり》では稼げない。一匹《ぴき》あたりの価格も安いし、パーティーで動くなら一人頭の取り分も減る。ついでに言うと変装がバレると面倒臭《めんどうくさ》い。

「また今度デートに誘《さそ》って」

軽くあしらってギルドを出た。

冒険家として名を売るなら、同業者ともそれなりに仲良くしておくべきだ。情報の入りが多くなるし、対人トラブルも減る。

まあ、駆け出しにはまだ関係ないので、ケンカを売られない程度で充分《じゅうぶん》だ。


「こんにちは。ニア・リストン様の紹介で来た冒険家です」

セドーニ商会本店に顔を出し、割符《わりふ》を見せる。

先日ニアとセドーニ商会会頭が交《か》わした取引の証である割符は、身分証代わりでもある。

目下の目標は、顔パスが通用するくらい名を売ることだ。

事情を聞いていたらしい従業員に「船の準備はできているから港へ行け」と言われ、そちらへ向かう。

「――おうあんたか。乗りな」

船の前で一服していた船長と合流し、割符を見せて自分が待ち人であることを明かし、セドーニ商会のマークが入った小型飛行船に乗り込んだ。

船員は二人。船長を入れて三人だ。

部屋数も少ない小型船なので、機動性重視の貨物船なのだろう。大きい船だと小回りが利《き》かないし燃費も悪いので、これくらいで丁度いい。

「諸注意は聞いてるかい？」

船を飛ばしてすぐ、舵《かじ》から離《はな》れた船長が言う。しばらくは直進なので舵取《かじと》りの必要はないのだ。

リノキスが「大体は」と答えると、船長は「じゃあ改めて軽く説明しとく」と続けた。

「船のチャーター代と俺たちへの報酬で五十万クラムだ。一日伸びるごとに十万ずつ上乗せされるから注意しろ。最長十日まで待つが、十日を過ぎても戻らなかったら俺たちは勝手に引き上げるからな。

リノキスは頷《うなず》く。

駆け出しには厳しい金額だが、これでも充分安い方だぜ」

わかっている。相場なら、船のチャーターと船員三人だけで百万以上はするだろう。

駆け出しの冒険家は、他の同業者と相乗りで折半《せっぱん》したり定期船を利用するのだ。個人で船を所有したりチャーターしたりするのは、稼げる一部の凄腕《すごうで》冒険家くらいだ。

セドーニ商会のサービスと見るか、それともニアに恩を売っているのか。

まあ、どっちでもいいだろう。

どんな裏があろうと、どうせリノキスはやるだけなのだから。

昼過ぎに出発し、陽が傾《かたむ》きかけた頃に目的地へ到着《とうちゃく》した。

島の名前はメートラ湿《しっ》地島。

第六階級メートラ家の所有していた湿《しっ》地帯《たい》の島だ。まあ肝心《かんじん》のメートラ家は、今や歴史の中に名を遺《のこ》すだけだが。

水気を多く含《ふく》んだ地面に、豊富な水源。泥《どろ》の中で育てる作物が良く育つらしいが、居住地としては向いていないと言われている。

「――じゃあ後は勝手にやってくんな。俺らは必ずこの辺にいるから、手ぇ借りたい時は声掛《か》けてくれていいぜ。遠慮《えんりょ》はいらねえぞ、無料《ただ》じゃねえから」

そして、釣《つ》りの名所として知られる島でもある。

港に着くなり、船長や船員たちがいそいそと釣り具の準備を始める。

言外に「早く行け」と急《せ》かされているようなので、リノキスはさっさと船を降りた。

人の集落があるのは、この小さな港付近のみ。水はけが悪いので家を建てるに適した場所があまりないのだとか。

つまり、拠点《きょてん》はここだ。

目的地もだいたい決まっているので、野宿する必要はない。夜にはここに戻ってきて休めばいいだろう。

「さて、まずは――」

まずは、宿探し。

現地人に地図を確認《かくにん》してもらって、島の情報を仕入れて、それから活動開始だ。

滞在《たいざい》期間は三日から五日。

板を置いただけの簡素な道をしばらく走り、目的の水辺に到着した。この島は地面がよくぬかるむそうなので、踏み均《なら》しただけでは道にならないのだとか。

「――やるか」

腰に吊《つ》っていたショートソードを外し、手近な木の枝に荷物を引っかけておく。

島で動くなら必須、という虫除《むしよ》けクリームを体中に塗《ぬ》り、辺りを見回す。

目当ての魔獣《まじゅう》は、探すまでもなく、そこら中にゴロゴロしている。

強羅《ごうら》亀《かめ》。

まあ、言ってしまえば巨大《きょだい》なだけの亀である。

素早《すばや》く動くわけでもなく、好戦的でもない。頭の届く前方は噛《か》みついてくるので危ないが、後ろから狙えばいいだけの話だ。

活発に移動もしないので、だいたいこうして堂々と甲羅《こうら》干ししているだけの魔獣だ。

特徴《とくちょう》としては、とにかく硬い。

甲羅も硬ければ皮膚《ひふ》も硬い。不出来なナイフや剣なら刃が欠ける。狩り方を知らないと、何をしても傷を負わせることさえできないだろう。

一般的な狩り方としては、丁度いいサイズの穴に落として油を流《なが》し込み、火を点《つ》けるというものだ。逃《に》げられない穴の中で亀は燃えて死ぬ。だがこの方法ではあくまでも「狩るだけ」で、素材としても食肉としても台無しになる。

次に「毒」という方法もある。前者よりは使える素材が残るだろうか。

結論を言うと、亀を狙うのは効率が悪い。

武器を使えばだいたい壊《こわ》れる、毒なら強力な物を用意しないと殺せないので出費が嵩《かさ》む、落とし穴や油だって手間と時間が掛かる。殺した後に回収するのも大変だ。

そして、出費や手間の割にはそんなに高く売れない。

要するに、おいしくない魔獣として知られているわけだ。

——ただ、見方を変えれば、これが好都合だったりもする。

つまるところが「動かない的」だから。

頭一つ分小さいが、きっと重量は己の倍以上あるであろう亀の後ろに立つ。

構え。

呼吸を整え。

素早く踏み込み、拳《こぶし》を放つ。

ガン、と音がして。

「いっ……！」

リノキスは悶《もだ》えた。

痛い。拳が痛い。鉄板でもぶん殴《なぐ》ったかのように痛い。

しかも当然のように亀は無傷だし、無反応だ。攻撃《こうげき》されたことにさえ気づいていない。

やはり「雷音《らいおん》」は出ない。

だがそれでも、練った「氣」を込めた拳である。人なら下手をしたら死ぬくらいの威力《いりょく》はあったはず。それでもまるで効果がない。

「……お嬢様《じょうさま》……」

これは無理なんじゃなかろうか——リノキスは涙目《なみだめ》でそんなことを思った。

この亀を狩猟対象に選んだのは、ニアだ。

丁度いい修行相手だからこいつにしなさい、と。とても軽く言われた。

リノキスも軽く了承《りょうしょう》した。

きっと「氣」を使えば楽に勝てるんだろうな、と思ったから。

拳が砕《くだ》けたかと思うほどの痛みの中で、リノキスは理解した。

――これは確かに修行なんだ、と。

亀を狩れるくらい強くなって帰ってこい。

そういう意味を込めて、ニアは「亀を狙え」と指示したのだ。

「……こっちはまだ早いってことね」

とりあえず、的当てはまだだ。

まずは一回でも「雷音」を成功させること。

あのバカンスの時に教えてもらって以来、時間を見つけては素振《すぶ》りをしている。

まだ一度も放てたことがない。

冷静に考えれば、素振りでも成功していないのに、いきなり生きた的に放てるわけがないではないか。

まぐれでも偶然でもいいから、とにかく一回。

どういうものなのか体感し、身体で憶えなければ。

あれから丸二日。

「……あんた大丈夫かい？」

毎日くたくたになって帰ってくる駆け出し冒険家を、宿のおばちゃんは今日も心配そうな顔で迎《むか》えてくれる。

メートラ湿地島にやってきて三日目の夜。

リノキスは、今日も疲れた身体を引きずって宿に戻ってきた。

汗でどろどろだし、疲労《ひろう》もピークだ。

この宿に風呂《ふろ》はないので、湯とタオルで身体を拭《ぬぐ》い、適当に腹に入れたら、あとはもうベッドに飛び込む気力しか残らない。

到着から数えて三日も同じことを繰《く》り返しているので、間違いない。

「今日はなんか狩れたのかい？」

毎日朝から夜まで出かけて、ヘロヘロになって帰ってくる。そんな駆け出し冒険家の二日間の稼ぎは、なしである。

おばちゃんは宿代も心配だが、単純に冒険家としての腕も心配している。

だが。

「今日も成果なし！」

昨日と同じ言葉を返したリノキスの顔は、逆に晴れ晴れとしていた。

――修行《しゅぎょう》に専念した甲斐《かい》があった。

ようやく、数回、「雷音」の発現に成功した。

試行回数は一万回を超《こ》えて、やっと一回成功して、その感覚を忘れないよう何度も繰り返して。

なんとか五十回に一回は出るかな、というくらいにはなった。

これでやっと亀狩《かめが》りができる。

勝負は明日からだ！

――と、思っていた時期があったわけだが。

翌日、意気揚々《いきようよう》と、今度こそ亀を狩るつもりで同じ場所に来たのだが。

「……お嬢様ぁ……！」

試行回数三十七回。

なんの反応もない亀相手に、三十六回の失敗を経て、ようやく「雷音」が成功した。

落雷《らくらい》のような音を立て、ただの拳とは桁違《けたちが》いの威力を持つ一撃《いちげき》が、亀の甲羅を直撃《ちょくげき》した。

が。

なんの反応もなかった。

亀は動かない。いや、ちょっと動いた。何かエサを探しているようだ。殴られたことなどどうでもいいらしい。というか気づいていないかもしれない。屈辱《くつじょく》だ。

——無理じゃないか！　「雷音」じゃ狩れないじゃないか！　拳も痛いし！

リノキスは内心叫《さけ》びながら、尊い犠牲《ぎせい》になりそうになった右手を摩《さす》る。涙目で。

亀を狩るどころか、逆に拳が砕けるかと思った。

この様子では何発「雷音」をぶち込んでも、狩れるとは思えない。もっと言うと狩る前に拳が死ぬ。

これはまずい。

別の意味で汗が出てくる。

今日明日には引き上げる予定なのに、本当になんの成果もなく終わりそうだ。

なんの稼ぎもなく、むしろ諸経費でマイナス。

先行きが不安になる大失敗だ。

こんな結果をニアに報告しなければならない。まあ性格的に怒《おこ》ることはないだろう。でもがっかりはさせてしまうかもしれない。リノキスにとってはそっちの方がつらい。

諦《あきら》めるわけにはいかない。

……しかし、どうしたものか。

お飾《かざ》りのショートソードより何より、殺傷能力が高い「雷音」。これが通用しないとなるとリノキスが取れる手段がない。

この様子では、何発ぶち込んでも倒《たお》せないだろう。何しろダメージがないのだから。闇《やみ》雲《くも》に繰り返したところで己の拳が死ぬだけだ。自殺行為《こうい》だ。

「どうしよう……」

ニアの見立てが間違っていたのか、それとも単純に成功したばかりの「雷音」の練度が足りないのか。

いや、恐《おそ》らく後者だ。

目論見《もくろみ》通り、修行の成果は出た。「雷音」は成功したのだから。

ニアが見せた「雷音」は湖の水を割るほどの威力があった。しかしリノキスが習得したばかりの「雷音」では、そんなことはできない。

つまり、単純に威力不足。練度不足だ。

練度なんて言われても、一日二日でどうにかなるとは思えない。

となる、と。

「……理屈《りくつ》がわかんないんだよなぁ」

脳裏《のうり》に浮《う》かぶのは、あのダンジョンでニアが見せてくれた、蹴《け》りによる「雷音」。

手による「雷音」では威力が足りないなら、より威力の出る足技ではどうか。

ニアは確かに言っていた。

蹴りの方が威力は高いが難しい、と。

手技でようやく成功したものを、難しい足でできるわけが——とも思うが、他に手段を思いつかないのだ。

足による「雷音」で狩れないなら、今度こそお手上げだ。泣きながら引き上げることになるだろう。

いやまあ、そもそもの話だ。

まず足で放つ「雷音」の理屈がわからない。型さえわからないのである。

何発か成功した今だからこそ言えることがある。

「雷音」は、踏み込みの速さで放つのだ。拳でぶつかる体当たり、というイメージである。

少なくともリノキスはその意識で成功した。

では、足ではどうやるのか?

手技の「雷音」を分解すると。

軸足《じくあし》から始まり、踏み込む足に伝わり、それと同時に全身を超速《ちょうそく》でひねることで速度を上乗せする。連動するそれらの動作が拳の一点に集中し、全てのタイミングが噛み合った時に超速運動になる。

そしてその動作を「氣」で補助し、また強化しつつ行う。

これがリノキスの辿《たど》り着いた「氣拳・雷音」だ。

説明された時は「そんな難しいことができるか」と思ったものだが……案外やればできるんだな、と今は思う。

で、この工程を足に当てはめるなら？

軸足か、それとも踏み込む足か。単純にそのどちらかがないのだ。だって片方で対象を蹴るのだから。

しかし「雷音」が成功した今だから、確実に言える。

どちらかを欠いたら絶対に放てない、と。

軸足と踏み込む足。

この二つがなくなることはありえない。むしろこの二つがあってこそ「雷音」が成立するのだ。

あの時は、そう――

「――蹴りでどうやって踏み込むんですか!?」

あの時ダンジョンで、リノキスはニアに聞いたのだ。

どうやるのか、と。

「それこそ『雷音』を理解し、極《きわ》めること。理解してこそ応用ができるのよ」

と、ニアは答えた。

次いで「理屈は教えない」と言った上で、それを放った。

——ニアの動作は、記憶《きおく》に残りづらい。

記憶に残すべく集中して凝視《ぎょうし》していても、それでもだ。

彼女の技は美しい。

驚《おどろ》くほど動作がなめらかで、日常的な動きと技の繋《つな》ぎ目《め》がわからないというか、気が付けば技が成立しているというか。

静と動の緩急《かんきゅう》が……きっと、恐ろしく速いのだろう。動作を始めるという不自然さが目立たないほどに。もはや動作を飛ばしているとしか思えないほどに。

だから、あの時もそうだった。

ひょいと床《ゆか》から足が離れたと思えば、もう蹴っていた。

歩くような調子で、もうスライムを蹴っていた。

構えもなく、「氣」を練る間もなく、殺気が出るわけでもなく、本当に普段通りの動きの中に蹴りがあった。

「今蹴るから見ていろ」と前置きされないと見逃《みのが》す速さだ。いや、前置きされても見えないのだ。気が付けば終わっているから。

彼女が英霊《えいれい》であることがわかったからこそ、そういうものと受け入れられたが……もうすごすぎてすごさがよくわからないのだ。「氣」を知れば知るほどそう思う。彼女の武は日常に溶《と》け込んでいる。だから継《つ》ぎ目がわからない。戦いさえ何気ない日常の中にあるように見えてしまう。

あれで身体が完成していない、「氣」の鍛錬《たんれん》も足りない、勝負勘《かん》も戻っていない、だから全盛期《ぜんせいき》の強さの百分の一にも届かない、と言っていた。

たぶん嘘《うそ》ではない。

嘘を吐《つ》く理由がないからだ。はったりだとしても現時点の強さが異常なので、もうどうでもいいというか、なんというか。

どれだけ鍛錬を重ねれば、あの境地に辿り着けるのか。

……まあ、その辺は置いておくとして。

「――あ、そうか」

あの時のニアの姿を思い出し、リノキスは気づいた。

軸足はあった。

あまりにも速かったので細かいところは記憶にない……というか見えなかったが、軸足が残っていたことは思い出せる。

「雷音」には軸足と踏み込む足が欠かせない。

それがわかっている以上、その二つはどこかで使うのだ。たとえ蹴りであってもそれは変わらない、はず。

そう考えると——軸足は技の始点、動作そのものの始点だ。ここを外すことはできないだろう。現にニアも軸足は使っていた。これは確かだ。

ならば、踏み込む足をどうするか、という問題がある。

そう。

そこまでわかっているなら、絞《しぼ》り込める。

踏む場所ならあるじゃないか。

いつもは地面を踏んでいるが——踏み込む足でそのまま蹴ればいいのだ。

「お？」

まず、型からやってみる。

ゆっくりと動作を確認し、調整し、ニアがやった足による「雷音」を再現していく。

そんな中、気づいた。

思ったより「氣」を込めやすい。むしろ手よりスムーズに扱《あつか》えている気がする。

「……え？　マジで？」

自分でも意外だった。

数回の試行で、できてしまった。

空振《からぶ》りだが、空を蹴る時に、落雷のような音が出てしまった。まだ残響《ざんきょう》に空気が揺《ゆ》れている気がする。

「……蹴り技か」

リノキスはこの時、己は本当に蹴りが得意なんじゃないかと思った。

個人的な好き嫌《きら》いではなく、才能という意味で。

――さて。

何度も練習し、拳よりも少ない試行回数で蹴りによる「雷音」が成功し始めた。たぶん二、三十回に一回は出せていると思う。

朝から夕方までしっかり修行し、改めて、亀の後ろに立った。

これが通用しなかったら終わりだ。

今晩にでも飛行船に乗り、本当に泣きながら帰ることになるだろう。稼ぐどころかマイナスという結果を持って帰るのだ、不甲斐《ふがい》ないにも程がある。

「――ふっ」

鋭《するど》く息を吐いて、ワンステップで軸足の位置を取り――全身をねじり込むようにして、放つ。

朧気《おぼろげ》に憶《おぼ》えているニアの蹴りを模倣《もほう》している、はず。何せ蹴りの軌道《きどう》なんて本当に見えなかったのだから。

何回か失敗しつつ、成功した蹴りは重い衝撃音《しょうげきおん》を響《ひび》かせた。

空に落雷のような音が響き渡《わた》る中に、バキッ、と乾《かわ》いた音が交じった、気がした。

「いっ――だあああああああああっ⁉」

気がしたのは、衝撃《しょうげき》に耐《た》えられずリノキスが後方に吹《ふ》き飛んだからだ。それを考える余《よ》裕《ゆう》なんてない。

湿《しめ》り気《け》を帯びた地面を激しく転がり、やがて止まる。

「痛い！　痛いぃ！」

蹴った足――踏み込み足に走る激痛に転げ回る。

衝撃音の中に交じった、乾いた枝を折ったかのような音。あれは己《おのれ》の足の骨が折れた音

だと思った。

実際は……しばらく悶絶《もんぜつ》していたら、少しずつ痛みが引いてきた。なんとか立ちあがり、骨に異常がないことを確認する。

どうやら折れてはいないらしい。

まあ、まだ、痛いが。

足を引きずって、ピクリとも動いていない亀の傍《そば》に戻《もど》ると——あの乾いた音の正体が判明した。

「……あれ？　やった、のか……」

分厚い甲羅が割れていた。

リノキスが蹴った場所から縦にヒビが走り、左右真っ二つに割れていた。

しかも——亀は死んでいた。

長い首が力なく垂れ、口からだらだら血を流している。

ニアが言った通りなのだろう。

外側は硬《かた》いが内臓はそうじゃない、と。

「雷音」の衝撃が体内を破壊《はかい》したのだ。

「……やったのか……」

喜びなんてなく、ただただ安堵《あんど》の息が漏《も》れた。

よかった。

金より何より、ニアをがっかりさせる結果にならなくて、本当によかった。

足と相談しつつ、結局リノキスは六頭ほど亀を狩ることに成功した。

これ以上は本当に足の骨をやるので、ここでやめておいた。

疲《つか》れや体調不良は集中力の低下、ひいては「氣」の操作と制御《せいぎょ》に関わる。今のリノキスの練度では、少しでも「氣」の操作を誤ったらボキリ、だ。折れたら泣きながら足を引きずって帰ることになる。

疲れも溜《た》まってきているので、ここは大事を取って撤退《てったい》だ。

一度港に戻り、待たせていた船長と船員を連れて、また狩場《かりば》に戻ってきた。

「――おーおー、やるじゃねぇか」

到着してからまったく成果がなかったので、船長も心配していたようだ。でも、今日こそようやく稼ぎが出たことに、彼《かれ》も喜んでくれた。

貨物運搬用《うんぱんよう》単船を出し、四人がかりで亀の亡骸《なきがら》を載《の》せ、港へ運んでいく。無理しても三頭しか載らなかったので二往復した。

獲物《えもの》の処理を頼《たの》み、リノキスは少し休むことにした。

部屋に戻り、湯を用意してもらいタオルで身体を拭う。今日も汗《あせ》まみれになったし、地面を転がったので服もどろどろだ。

着替《きが》えはあるので、洗濯《せんたく》は帰ってからでいいだろう。

少しだけベッドで仮眠《かみん》を取り、この島にある冒険家ギルドに顔を出すと、亀を解体しているという倉庫へと案内された。

解体専門の職人数名で亀をさばいているのを、船長とギルド職員が何やら相談しながら見守っていた。

リノキスを見ると、船長が声を掛けてきた。

「だいたい一匹二十万くらいだそうだ。甲羅が割れてなけりゃ三十付けてもいいらしいが、全部割れてるからな」

一頭二十万クラム。まあ相場通りだろうか。

単純計算で百二十万。飛行船代などの経費でだいたい百万取られて、純粋《じゅんすい》な稼ぎは二十万くらいか。

修行の時間を省き、実務だけで考えると、半日掛けずに亀を六頭狩ったわけだ。

半日で二十万クラムと考えると、稼ぎとしては多い方だ。駆《か》け出し冒険家が稼げる額ではない。

もっと言うと、修行の時間を含めた数日で二十万稼いだ、と考えても高い方だ。

「どうやって倒したんですか？　これほど外傷がない強羅《ごうら》亀《かめ》の死骸《しがい》は初めて見ます」

ギルド職員の質問に、リノキスは笑って「秘密」と誤魔化《ごまか》した。

蹴り殺した、と言っても信じないだろうから。

見せろ、と言われても見せたくないし。足もちょっと痛いし。

「そうですか。何にせよ、皮と肉には少し色を付けてもいいですね。特に無傷の皮は結構貴重なんですよね」

焼く、茹《ゆ》でる、毒、等々。

亀を狩る方法は確立しているが、無傷で狩る方法、というのは今のところない。毒を使えば肉がダメになるし、焼いたり茹でたりすれば皮と肉の状態が悪くなる。

甲羅は割れているものの、内臓以外は無傷。

ギルド職員ではないが、亀を狩ったことがある者からすれば、死因と方法が気になる状態である。

――無論、冒険家が獲物の狩り方を秘匿《ひとく》するのは当然のことであるが。何しろ収入に直結するのだから。

だから職員も深く追及《ついきゅう》はしなかった。

「船長、亀の処理が終わったら王都に帰ろう」

リノキスが引き上げる旨《むね》を伝える。

「わかった。セドーニ商会が全部引き取るって形でいいんだよな？」

「それでいいよ」

一旦《いったん》商会で引き取り、それから彼らが肉や皮をどこかへ卸《おろ》す……という流れになる。卸し先の選定と調整で利益を出すわけだ。

そこまで個人でやるのは手間も時間も掛かるので、全部商会にお任せだ。

「もうじき終わるから、帰り支度《じたく》をしてこの辺にいるか船で待っててくれ。――おい、出航の準備をしろ！」

船長はリノキスに頷くと、離れた場所にいた船員たちに指示を出した。

これでようやく、冒険家としての第一歩が終わる。

「これお土産《みやげ》」

「……おう。ありがとよ」

陽が落ちて暗くなった頃《ころ》、リノキスは王都に戻ってきた。

セドーニ商会に顔を出して今回の取引終了《しゅうりょう》の手続きをして、路地裏の酒場「薄明《うすあか》りの影鼠亭《かげねずみてい》」にやってきた。

ここは冒険家《ぼうけんか》リーノの行きつけの店、拠点の一つになる予定である。

今はただの駆け出し冒険家だから、さほど意味はない。だがいずれ名が売れてきたら、ここがリノキスとリーノが入れ替《か》わる重要な場所になる。

「何それ？」

カウンターに座《すわ》るリノキスの横に、フレッサがやってきた。

「土産だとよ。……干し肉か？」

「強羅亀《ごうらかめ》の干し肉。酒のつまみに最適だってさ」

棲んでいる場所が湿地帯の湖近辺なので、亀の肉は泥臭《どろくさ》い。

煮《に》ても焼いても食えないレベルで臭《くさ》いので、時間を掛けて臭みを抜《ぬ》いて日持ちする加工肉にしたのだとか。

試食してみたところ、肉は硬いけど味はよかった。見事に臭みも抜け、普通《ふつう》に食べられた。

だから土産《みやげ》として買ってきた。

行きつけの酒場のマスターとは個人的に仲がいい、という印象操作のために。

「ふうん。悪くねぇな」

「あ、私好きかも」

早速《さっそく》味見をする酒場のマスターと店員。

「アンゼル、これ取り寄せてよ。店で出して」

「値段次第《しだい》だな。こんな場末の酒場で高級品なんて出せねぇし。高いのか？」

「観光客価格、って感じ」

「ちょっと割高？」

「だったら安酒場向《う》き《ち》じゃねぇな。まあ一応問い合わせはしてみるか」

弾《はず》むように交わしていた会話が、ここで一度止まった。

フレッサがまじまじとリノキスを見る。

「急に愛想《あいそ》がよくなると戸惑《とまど》うわ」

「それな。俺《おれ》も戸惑ってる」

以前……ニアから紹介《しょうかい》される前から、リノキスはこの酒場に来ている。その時と今の反応が違《ちが》いすぎる、という話だ。

リノキス本人も「わからなくもない」と思う。

ちゃんと紹介されていなかった頃のリノキスは、最悪、ここにいる従業員と客全員を口止めするため殺すつもりで来ていたから。かなり本気で。

「――立場上の責務というものがありますので」

すっと目が据《す》わり、冷徹《れいてつ》に告げる。

その一言は、リストン家の侍女《じじょ》としての発言。

しかし、ここにいるのはただの駆け出しの冒険家だ、と。言外にそう伝える。

「あ、やっぱリノキスだわ。もしかしたら別人かと思ってたけど」

「化粧《けしょう》ってすげえな。別人みてぇだ」

――アンゼルとフレッサからすれば、敵対しなければ問題ない。

「ねえフレッサ、おすすめの化粧品《けしょうひん》ってある？」

「おすすめねぇ。化粧品はピンキリだから、ブランドより用途《ようと》に合わせたらいいよ。たとえば雨に強いとか汗に強いとか。長時間用とかね。あと野戦用とか？」

「野戦？」

「そう。ベッドの上で男と戦う時に使うやつ」

「ほう？」

「おい客呼んでんぞ。仕事に戻れ」

リノキスは二杯《はい》ほど呑《の》んで、店の裏口から外へ出た。

学院の門は、夕方以降は閉まる。関係者でも入れなくなるくらい厳しく制限されるそうなので、この時間では帰れない。

なので、アパートメントの方に向かう。

今晩はあっちに泊《と》まって、明日戻ることにする。

「——おねえさん、こんなところで何やってんの？」

「——遊ばない？　遊ぶよね？」

絡《から》んでくるチンピラどもを、優《やさ》しくいじめておく。

「危険なメイド」としては有名だが、駆け出し冒険家としてはまだまだ無名だ。別人として動いているので一からやり直しである。

まあ、これもまた名を売る活動の一つ。彼らがこの界隈《かいわい》から居なくならない程度に、ちょっといじめるくらいで勘弁《かんべん》しておく。冒険家リーノの噂《うわさ》を広めてもらうために。

そうこうして、アパートメントに戻ってきた。

さて、どうしよう。

もう夜だが、寝《ね》るにはまだ早い時間だ。腹も減っているが、携帯食《けいたいしょく》が残っているのでこれを片づけたい。

身体を拭いただけなので、風呂には入りたいが……正直結構疲れているので、さっさと寝てしまいたい。少し足も痛いし。

が――

「リノキスさーん」

同じアパートに住むシャロがやってきた。

彼女《かのじょ》も今帰ってきたらしく、部屋に戻るリノキスの後ろ姿を見掛《みか》けて追ってきたそうだ。

「今帰りでしょ？　お風呂と晩ご飯行こうよ。この辺まだわかんないでしょ？」

彼女なりの気遣《きづか》いのようだ。この辺の案内もしてくれるらしい。

「少し疲れたので、もう寝ようかと」

明日から学院に戻るので、ゆっくり休んで疲れを癒《いや》したい。

風呂は魅力的《みりょくてき》だが、行くほどの気力が湧《わ》かない。

「あ、そう？　ルシーダさんとかも一緒《いっしょ》だからどうかなって思ったんだけど」

「行きます」

行かない理由がなくなった。

「氷の双王子《そうおうじ》」の片方ルシーダが一緒となれば、行かないわけにはいかない。憧《あこが》れの女優と風呂と食事。夢のようだ。

「やっぱりユリアン座長とルシーダさんのファン？」

わけがない。

「ええ、ファンです」

魔法映像《マジックビジョン》で観た素敵《すてき》な人たちは、実物を見ても素敵な人たちだった。ファンにならない

この前、彼らが参加した撮影《さつえい》では、眼福すぎて死ぬかと思った。放送が待ち遠しい。

「私のファンではないの？　期待の新人シャロ・ホワイトはどう？」

「え？　ああ、はい、ええ。まあ、そうですね。いいから早く行きましょう？」

「今すごく曖昧《あいまい》に頷《うなず》いたね。ま、いいけど。近い内に売れるし。サイン貰《もら》っとけばよかったって言わせるし」

明日から学院に戻り、また寮生活《りょうせいかつ》だ。

シャロには、しばらく部屋を空けることを伝えておこうと思っていたので、彼女と会えたのは丁度いい。

――ルシーダどころかユリアンも参加した劇団氷結薔薇《アイスローズ》の面々に交じって、風呂どころか夕食と呑みに行った。

一ファンとしては、この上ない喜びに満ちた夜が過ぎていった。

冒険家リーノの活動は、こうして始まったのだった。

リノキスが出稼《でかせ》ぎに出て、三日目の夜。

「想定では四日から五日くらいかしら。最長でも一週間って感じね」

兄ニールの専属侍女リネットが、今日も部屋にやってきた。

「リノキスはいつ頃《ごろ》帰るのか」という問いに、私はだいたいの目星を伝える。

天候などにも左右されるので、スケジュールはしっかり決めていないのだ。

「二年で十億クラムですからね。呑気《のんき》にやっていては絶対に間に合いませんよ」

彼女も私の弟子《でし》になったので、十億の計画のことは話してある。

いずれリネットにも出稼ぎに出てもらう。私に貢《みつ》がせるために鍛《きた》えている最中だ。

幸い彼女は筋がいい。

素質だけならリノキスよりあるかもしれない。実に鍛え甲斐《がい》のある弟子である。

あとガンドルフも結構いいんだよな。あれは修行を苦に思わないタイプだ。私の想定以上に伸《の》びるかもしれない。

ぜひともリノキスと競《きそ》い、高め合ってほしいものだ。

……それにしても、だ。

「今日は随分《ずいぶん》早く来たわね。お兄様は？」

いくら兄に早く寝る習慣があるとはいえ、今日は早すぎると思う。夕食直後だぞ。私も食べたばかりで今から宿題なんだが。

「リノキスがいないからニアお嬢様《じょうさま》の面倒《めんどう》を見たい、とお願いしてから時間を融通《ゆうずう》してくださるようになりました」

ニール様は、お嬢様の様子を見てきていい、自分は部屋から出ないから、と約束をしてくださいました。今はお嬢様と同じように宿題をしていると思います」

ほう、そんな約束を。

私だったら完全に出かけるところだ。楽しい夜遊びに繰り出しているだろう。いや、夜遊びというにはまだ時間が早いかな。

……いや、出ないか。

闇闘技場《やみとうぎじょう》の件で懲《こ》りたしな。もうこっそり出ることはないだろう。

出るなら堂々と、だ。

「宿題をやるから。終わったら道場へ行きましょう」

ここ最近、夜は天破流道場へ行き、リネットとガンドルフの修行を見ている。

本当は、夜間の寮《りょう》からの外出は認められていないのだが。ヒルデトーラの力を借りて特別に許可を貰った。

学院の敷地《しきち》から出ない、行くのは天破流道場、この二つを厳守するなら許可する、と。

――理由としては「普段忙《ふだんいそが》しい私は運動をする時間が欲《ほ》しい」だ。

かつて病弱だったことを理由に、もう病気になりたくないから身体を鍛えたい、昔からやっている健康法を続けたい、と力説したら認められた。

一つも嘘は言っていないから問題ないだろう。ガンドルフも口裏を合わせてくれているので、しばらくは大丈夫だ。

いつか問題として取り上げられるかもしれないが、その時はその時だ。

「宿題が終わるまで待ってて。あ、先に行ってもいいけど」

「早く終わらせてくださいね」

……チッ。リネットがいなければ魔法映像《マジックビジョン》で禁止チャンネルを観てやるのに。

本当に侍女の監視《かんし》が厳しいな。なかなか隙《すき》がない。

――などと思っていた時だった。

「ニア！　いるか!?」

ちょっと強めのノックとともに、兄の声が飛んできた。

リネットが素早《すばや》くドアを開けると、転げるようにして兄が入ってきた。

「どうしたの？」

なんだ。

兄らしくない、この余裕のなさと焦《あせ》り具合はなんだ。只事《ただごと》じゃないぞ。まさか女を泣かせたか？

「ま、魔晶板《ましょうばん》は⁉　観てないのか⁉」

「え？　何を？」

宿題の邪魔《じゃま》になるので魔法映像《マジックビジョン》は観ていない。

どうせ観たいチャンネルは観られないしな。監視も厳しいし。

「シルヴァーチャンネルだ！　今すぐ観るんだ！」

兄がこれほど焦るくらいだ、なんだかすごい番組をやっているのだろう。

しかし、だ。

「お兄様、私はシルヴァーチャンネル全般《ぜんぱん》の視聴《しちょう》を禁止されているから」

観たいのは山々だが、許可されていないのだ。

「――兄として特例を認める！　後で父上にも報告しておくから、今すぐ観てくれ！　リネット、点《つ》けてくれ！」

どうやら本当に只事じゃなさそうだ。

リネットは何も言わず魔晶板を取り出し、私はペンを置いた。

思うことは同じなのだろう――今は兄の言う通りにするべきだ、と。

そうして、魔晶板に鮮《あざ》やかな景色が映る。


番組が終わった。

終わるまで、見入ってしまった。

終わってから、私はそれだけしか、言えなかった。

「……早すぎる……」

――やりやがったな、シルヴァー領。

ついこの前、紙芝居《かみしばい》企画《きかく》をぶん盗《ど》られたばかりなのに、早々に形にしてきた。

今シルヴァーチャンネルで放送されたものは、紙芝居だ。

映像は、絵と声と音のみ。

これまでになかった形の映像は、観る者を引き込む未知の力があった。それは絵の力、あのリクルビタァの画才の力だろうか。

これは直感だ。

なんの確証もない直感だが……恐《おそ》らく兄も同じことを考えている。だから兄は妹の部屋までやってきたのだ。

きっと王城でヒルデトーラも同じことを考えていると思う。

当たりだ。

今観た紙芝居、当たり企画《きかく》だ。

私の犬企画なんて目じゃないほどの大当たりだ。きっと、いや絶対に流行《はや》る。

逃《に》がした魚は大きかったようだ。

本当に、強いだけでは儘《まま》ならない、厄介《やっかい》な時代である。

あとがき

この夏、すごく尻尾の長いトカゲの写真を撮ったんだ。

こんにちは、南野海風です。

２０２３年の八月、このあとがきを書いています。今年の夏も暑いです。でもこのノベルが本屋に並ぶ頃は、きっと涼しくなっているんでしょうね。

ありがたいことに三巻目です。

三巻ですよ、三巻。

三巻と言えばアレですよ。ドラクエで言えば超名作のドラクエ3ということですよ。

今や知らない人も多いレトロハード・ファミリーコンピューターで発売されたソフトで、何度もリメイクされて、今もゲーマーに愛されているドラクエシリーズ屈指の名作の一つです。確か遊び人が転職すると賢者になれる、というのもここから始まったんじゃないかな。

つまり実質この本はドラゴンクエスト3ってことです。そう考えるとすごいでしょう？

この本ってドラクエ3だったんです。まあ実際は違うわけですが。

実は、この巻から絵師さんが変わりました。

イラストを担当していただいていた磁石先生ですが、ずっと体調が思わしくなかったようです。どうにも続けるのが困難ということで交代となりました。二巻もだいぶご尽力いただいたようで……。

とても残念ですが、仕方ないことだと思います。また一緒に仕事ができたらいいなと願っております。

引き継いでくださったのは、刀彼方先生です。

これまでにもラノベのイラストを担当したことがある方なので、絵を見たことがある人も多いと思います。とても素敵なイラストを描かれる方です。

これからよろしくお願いします。

九月の頭に、コミカライズ二巻が発売になります。

原作より面白いんじゃないかと私内で評判の漫画ですよ。まだチェックしていない人はぜひ手に取ってみてください。

特に十話。四ページにも及ぶリノキスの駄々のこねっぷり。

素晴らしいの一言です。

古代先生、いつも面白い漫画をありがとうございます。

続きを楽しみにしております。


担当編集のSさん、今回も大変お世話になりました。

今回は書き下ろし部分が多くて、たくさんご意見をいただきましたね。無事形になって安心しております。

これからもよろしくお願いします。


最後に、読者の皆さん。

皆さんのおかげで、こうして三巻が完成しました。

三巻と言えばアレですよ。ドラクエで言えば……まあこの話はもういいか。

非常にありがたいことに、ここまで出すことができました。

ありがとうございました。

まだまだ続くことを願い、私も頑張ります。

それでは、きっと出るであろう四巻でまた会いましょう！

お嬢様、
国を抜け出し魔獣討伐で荒稼ぎ！

『凶乱令嬢ニア・リストン』

第4巻発売決定！

Nia Liston

国を挙げての武闘大会を開催するため、10億クラムという大金を稼がなくてはいけなくなったニア。
表立って王国で動くには顔を知られ過ぎているニアが選んだのは、
隣国ヴァンドルージュでの魔獣狩りだった——

HJ文庫
1115
https://firecross.jp/

凶乱令嬢ニア・リストン 3
病弱令嬢に転生した神殺しの武人の華麗なる無双録

2023年10月1日　初版発行

著者——南野海風

発行者—松下大介
発行所—株式会社ホビージャパン
〒151-0053
東京都渋谷区代々木2-15-8
電話　03(5304)7604（編集）
03(5304)9112（営業）

印刷所——大日本印刷株式会社

装丁——小沼早苗（Gibbon）／株式会社エストール

Printed in Japan

ISBN978-4-7986-3310-7　C0193

ファンレター、作品のご感想お待ちしております

〒151－0053　東京都渋谷区代々木2－15－8
(株)ホビージャパン HJ文庫編集部 気付
南野海風 先生／刀 彼方 先生